GW01149483

Mapping God
A novel in English and French

Le Tracé de Dieu
Un roman en anglais et français

also by
Fred Johnston

Novels
Picture of a Girl in a Spanish Hat (1978)
Atalanta (2000)

Short Stories
Keeping the Night Watch (1998)

Poetry Collections
Life and Death in the Midlands (1979)
A Scarce Light (1985)
Song at the Edge of the World (1988)
Browne (1993)
Measuring Angels (1993)
Canzoni Con Accompagnamento D'Arpa /
Songs for Harp Accompaniment (1993)
True North (1997)
Being Anywhere: New & Selected Poems (2001)
Paris Without Maps (2002)

Plays
Wednesday (Lantern Theatare, Dublin – 1973)
Actors (Lantern Theatare, Dublin – 1973)
No Earthly Pole (Punchbag Theatre, Galway – 1996)

Mapping God

Le Tracé de Dieu

Fred Johnston

French Translation
Eoghan DeHoog

Wynkin
deWorde

2003

Published in 2003
by

Wynkin deWorde Ltd.,
PO Box 257, Tuam Road, Galway, Ireland.
e-mail: info@deworde.com

Copyright © Fred Johnston, 2003
French Translation © Wynkin deWorde/Eoghan DeHoog 2003
All rights reserved.

The moral rights (paternity and integrity) as defined by the World Intellectual Property Organisation (WIPO) Copyright Treaty, Geneva 1996, of the author are asserted.

No part of this publication may be reproduced, stored in a retrieval system, or transmitted without the prior permission in writing of Wynkin deWorde Publishers. Within Ireland and European Union, exceptions are allowed in respect of any fair dealing for the purpose of research or private study, or criticism or review, as permitted under the Copyright and Related Rights Act, 2000 (Irl 28/2000) and the relevant EC Directives: 91/250/EEC, 92/100/EEC, 93/83/EEC, 93/98/EEC, 96/9/EC and 2001/29/EC of the European Union.

Except in the United States, this book is sold subject to the condition that it shall not, by way of trade or otherwise, be lent, re-sold, hired out, or otherwise circulated without the publisher's prior consent in any form of binding or cover other than that in which it is published and without similar conditions, including this latter condition, being imposed on any subsequent purchaser.

A CIP catalogue record for this book is available from the British Library

ISBN: 0-9542607-9-1

Typeset by Patricia Hope, Skerries, Co. Dublin, Ireland
Cover Illustration by Roger Derham
Jacket Design by Design Direct, Galway, Ireland
Printed by Betaprint, Dublin, Ireland

All characters in this publication other than those clearly in the public domain are fictitious and any resemblance to real persons, living or dead, is purely coincidental.

Mapping God

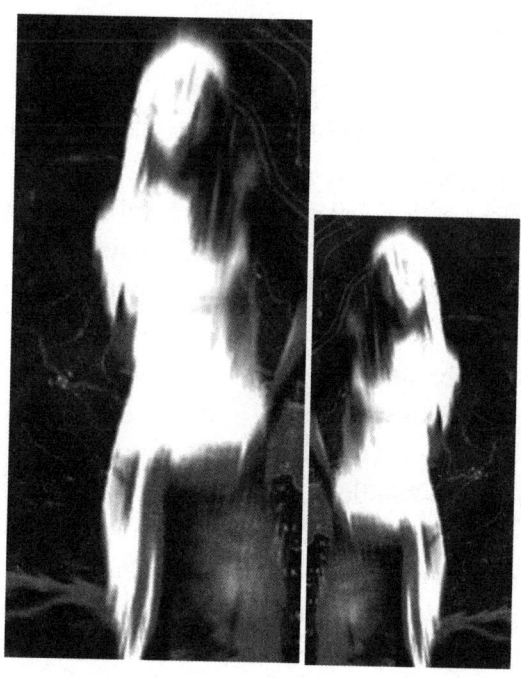

Le Tracé de Dieu

1

Guido la-trouva. Ses cheveux couverts d'algues, elle reposait tel un mannequin de vitrine brisé sur les rochers noirs et trempés. Guido la regarda, le soleil reflété dans l'eau le fit grimacer. C'était une belle matinée, froide et ensoleillée, le ciel grand et bleu.

Ils emmenèrent Guido. Pendant des heures, ils l'interrogèrent. Ils emportèrent aussi le cadavre, et les traces de l'ambulance restèrent dans le sable doux et brun jusqu'au moment ou la marée monta pour les effacer.

Découragés, ils relachèrent Guido. Oui il l'avait connue. Tous l'avaient connue. Guido était vendeur de 'chips, fried sausages & hamburgers' a partir d'un camion blanc et rouillé.

« Depuis combien de temps habites-tu dans ce pays? » lui avait-on demandé. Ils étaient peu sympathiques.

« Longtemps, » leur avait repondu Guido. « Mes enfants vont a l'école ici. »

« Fais bien attention, » lui dirent-ils.

Son corps nu et brisé fut entouré, touché, examiné sur tous les angles, photographié, puis l'ambulance arriva et la jeune fille fut emportée dans un etui noir.

« Comme elle aimait la plage! » avait dit Guido, en racontant tout cela à sa femme irlandaise et plus tard ses enfants avaient dit que tout le monde a l'école en parlait. Tous leurs amis.

1

Guido found her. Seaweed for hair, she lay like a broken shop-window mannequin on the black wet rocks. Guido looked at her, the sun off the water making his eyes squint. It was a beautiful morning, cold and full of sun in a blue, wide sky.

They took Guido away. For hours they asked him questions. They took her body away too and the tracks of the ambulance stayed in the soft brown sand until the tide came in and washed their stain away.

They let Guido go. Yes, he knew her, but that, discouragingly, was all. Everybody knew her. Guido sold chips and fried sausages and burgers from a white rusty van.

'How long are you in this country?' they asked him. They were not friendly.

'Many years,' Guido answered. 'My children go to school here.'

'Well, just you be careful,' they said.

They moved around her broken unclothed body, touching, feeling, looking, taking photographs, and then the ambulance came and she was put in a black bag and taken away.

Telling all of this to his Irish wife, Guido said, 'How she loved the beach!'

When his children came home, they said that everyone was talking about it. All their friends.

2

Quelques uns des enfants du village croyaient que Manny était une sorcière. Elle portait ses cheveux longs et gris sur son dos, son visage était ridé comme une vieille pomme et elle fabriquait ses propres vêtements. Et puis elle ne mangeait pas de viande.

Elle écrivait de la poésie. Quelqu'un avait dit qu'elle était bien connue, quelque part. Son accent allemand avait diminué au fil des années. Elle parlait anglais et un peu d'irlandais. Une fois par semaine, elle organisait une soirée poésie dans la salle du fond a 'Maher's pub', le bar local, sur le quai.

Certains disaient qu'elle était folle. Tous les étrangers au village étaient fous ou du moins très bizarres. Avec leurs manières bizarres et folles. Les femmes avec leur poésie et leur air infantile. Les hommes, pratiques, étaient doués pour tout, du remplacement d'une ampoule à la réparation des toits en chaume. Cela démontrait qu'ils étaient bien éduqués et donc qu'ils avaient de l'argent. Alors à quoi jouaient-ils, faisant semblant de ne rien avoir. Ils habitaient des caravanes pendant que l'on construisait leurs maisons. Ils avaient de l'argent. Et puis c'était tous des drogués et leurs enfants, qui guimbardaient dans leurs vêtements multicolores, faisaient pitié, avec leurs accents bizarrement chics.

A l'épicerie, tout le monde parlait du cadavre trouvé sur la plage. Dès que Manny entra dans le magasin, le bavardage cessa.

Manny les regarda et sourit : « Ne vous en faites donc pas pour moi!» dit-elle, en prenant ce qui, pour eux, était un air plutot menaçant. « Une chose terrible, cette fille, ce qui lui est arrivée,» dit-elle, en payant pour ses bougies et le reste de ses affaires.

2

Some of the village children thought Manny to be a witch. She wasn't, but she wore her grey hair long behind her, her face was wrinkled like an old apple and she made her own clothes. And she didn't eat meat.

She wrote poetry. Someone said that she was well known, somewhere. Her German accent had dwindled over the years. She spoke some Irish as well as English. Once a week she held a poetry group in the back room of Maher's pub on the quay.

Some people said she was mad. All the foreigners around the village were mad or at least very odd; the women, with their odd – *mad* – ways: their poetry and middle-aged little girlishness about them; the men handy at everything from putting in light bulbs to mending thatch. Which went to show that they had been well educated and that meant they had money; so what were they doing pretending to have nothing. Living in caravans, while their cottages were being built. They had money. And they took drugs and their children, running around in knitted clothes of every colour in the rainbow, were to be pitied, with their oddly posh accents.

The shop was full of talk about the girl's body on the beach. When Manny came in the talking stopped.

Manny looked up and smiled. 'Don't you mind me at all!' she said.

Which came out, to them, like a taunt.

Manny said mildly, as she paid for her candles and some other nick-knacks, 'That it was a terrible thing, that girl, what had happened to her.'

Les femmes passèrent à l'action : peut-être que Manny connaissait quelques détails qui leur avaient echappé. Elles n'aimaient pas dépendre de Manny. Elles la regardaient d'un air fâché.

« *Que* lui est-il arrivée? » dit l'une d'entre elles.

« Non, mon dieu, *violée*? » en dit une autre, tout en tournant le délicieux mot avec sa langue pour mouiller ses lèvres maigres et pâles.

« Je n'en sais rien, » répondit Manny, « mais je trouve ça terrible. »

« Oh, » dit l'une d'entre elles.

« Oui, » dit l'autre. Elles étaient déçues. Manny n'en savait pas grand chose de plus. Mais il faut s'y attendre avec ces gens là.

Manny n'avait pas d'électricité chez elle. Elle avait un poulailler et une vache. Apparemment elle survenait à ses propres besoins. Elle vivait seule.

« Femme de son âge, » quelqu'un avait dit après qu'elle soit partie, « Une hippie! »

And the women moved in, thinking Manny knew details they had not heard. They resented her for needing her. They looked at her angrily.

'*What* happened to her?' one of them asked.

'Was she, God spare us, *raped?*' said another, rolling the delicious word around on her tongue so that her thin pale lips were wet.

'I know nothing of that,' Manny said. 'I just think it is so terrible.'

'Oh,' said one woman.

'Yes,' said another.

They were disappointed. Manny had let them down. Which is what you could expect from these mad people. Manny had no electricity in her cottage. She kept her own poultry. And a cow. She seemed to do everything for herself. She lived alone.

'Woman her age,' someone said as she left. 'Acting the hippy.'

3

La montagne étendait sa main énorme au-dessus du village. Au loin, ses frères et soeurs se regroupaient contre un horizon mince et froid et en hiver, portaient des bonnets en neige. La mer clapotait au pied de la montagne. Le village aussi se trouvait là. La montagne fournissait un maigre abri contre le dur climat de l'océan. Sur les pentes marron on pouvait voir les taches blanc-sale des moutons éparpillés. La montagne avait comme ceinture un sentier étroit de couleur jaune par où passaient les pèlerins. On les voyait monter, disparaître dans le nuage gris.

Un jour, il y a longtemps, un touriste français avait gravi le sentier. Il n'est jamais redescendu . . .

Certains disaient que la montagne émettait un grondement monotone, une seule note, triste, de temps en temps. D'autres disaient que c'était le chant du vent et de la mer se faisant la cour. La tradition disait que les phoques, que l'on voyait apparaître de temps à autre, étaient ceux qui sont morts au village, dans les jours anciens. Le minuscule cimetière avec ses pierres tombales fissurées et couvertes de lichen, était au bord de l'océan pour faciliter le départ des esprits. La montagne, bienveillante, surveillait le tout. C'était un lieu sacré depuis toujours, d'après la tradition.

Il y en avait qui avaient eu des visions saintes là-haut, sous les nuages . . .

3

The mountain laid its huge hand over the village. In the distance, its brothers and sisters huddle raggedly against a thin, cold horizon and in winter, they wore hats of snow. The sea lapped at the feet of the mountain. The village was here too; the mountain gave some meagre shelter against harsh ocean weather. Dirty white spots of sheep speckled the brown slopes and around the mountain's waist was tied a thin yellow path where the pilgrims walked. Upwards they'd go, disappearing into the dripping grey cloud.

Many years ago a French tourist had gone up that path . . . and he never came back.

The mountain, some said, gave out a low, monotonous moan, a single, sad note, from time to time. Some said it was the chant of wind and sea, courting each other. Seals came up out of the sea sometimes and tradition said they were the people who had died in the village in the old days. The tiny village graveyard, headstones blistered by lichen and cracked by age, was near the sea so that the departing souls would have no trouble going home. But the mountain was benevolence, looking over everything. It was a holy place. For as long as tradition could tell.

There were people who'd had visions of saints up there, under the clouds . . .

4.

O sacré-coeur de Jésus, aie pitié de nous! O sacré coeur de Jésus aie pitié de nous!

J'ai péché. J'ai blasphémé. J'ai tué. J'ai craché sur l'amour précieux de notre seigneur Jesus Christ. Et j'ai été justement puni. Et je ne trouverai aucun répit sur cette terre. Et je tuerai à nouveau.

J'ai confié tant de choses a ces pages au cours des années. Choses que je n'aurais point avoué, sans l'espoir d'être pardonné, dans l'anonymat sombre de la confession. A qui puis-je confesser de telles choses? Je n'espére pas l'absolution; peut-être que voilà le plus grand péché, noir d'orgueil. Lourd d'orgueil, malade d'orgueil. Que j'ai pris la loi entre mes propres mains – quelle loi? Que veut dire cette phrase?- Que je suis au dessus des hommes ordinaires, qui doivent pécher puis se tourmenter avec le désir de se repentir. J'ai tué d'amour une fois. Amour comme une folie rouge. Et ni jour ni nuit ne passe sans que je ne voie le visage de ma victime.

Malade de chagrin et d'amour, j'ai tué. Un amour auquel je n'avais pas droit. Un chagrin que je n'avais pas mérité. Et tel un lâche, j'ai dissimulé mon crime. Je n'eûs point le courage de me livrer à la justice. J'ai tiré le grand rideau de Dieu autour de moi et me suis caché derrière lui.

Colère, dégoût envers les êtres humains, haine – Je ressens

4

O Sacred Heart of Jesus, have mercy upon us! O Sacred heart of Jesus, have mercy upon us!

I have sinned. I have blasphemed. I have killed. I have spat upon the most precious love of Our Lord Jesus Christ. And I have been justly punished. And there will be no place of peace for me anywhere in the earth. And I will kill again.

I have confided so many things to these small pages. Things I would not confide, with any hope of forgiveness, in the dark anonymity of the confessional. To whom can such things be confessed?

I do not hope for absolution; perhaps that is the greatest sin, black with pride. Heavy with pride, sick with pride. That I have taken the law into my own hands – whose law? What does the phrase mean? That I am above ordinary men, who must sin and suffer a torment of desire to repent. I have killed once, out of love. Love as red madness. And not a day, or a night, passes when I do not see the face of my victim.

Sick with grief and love, I killed. A love I had no right to feel. A grief I did not earn. And cowardice! I concealed my crime. I had not the courage to deliver myself into justice. I pulled God down around myself and hid under Him.

Anger, revulsion at my human kind, hatred – I feel all of these things. With these sensations come images of that first time. I

toutes ces choses. Avec ces sensations me reviennent les images de cette première fois. Je ne puis dormir. Je n'ai point la puissance que j'eûs cette première fois. Je n'ai point le courage. Donne moi la puissance, Christ, que je puisse tuer ce qui doit être tué.

Et tue au même instant, à l'instant d'une mort nouvelle, le chagrin des années qui a noirci et corrompu mon âme éternelle.

cannot sleep. I do not have the strength I had that first time. I do not have the courage. Fill me with strength, Christ, that I may kill what has to be killed.

And kill at the same instant, in the instant of the new death, the grief of years that has blackened and corrupted my immortal soul.

5

« Il paraît qu'elle avait un don, » dit-il.

Le Major, on l'appelait. Cette dégaine! Tel une épingle, il était soigneusement assis au bar, manipulant le pied de son verre a whiskey.

« J'ai entendu cela, » dit le jeune barman, en essayant de se faire paraître plus vieux.

Il essuyait inutilement des verres propres. L'air dans le bar vide à cette heure du matin était vide et marron. Une odeur de désinfectant et de parfum, et la radio allumée, et de la musique affreuse.

Le Major était seul dans le bar vide, si tôt le matin. « Triste cette histoire, » dit-il.

« Choquant, choquant, » dit le jeune-vieux barman, toujours en essuyant, l'air agité.

Le major sentit les grains d'une conversation qui germaient dans l'air. Un petit spasme passant par son vieux visage ridé et les copeaux d'une moustache blanche il dit : « J'en ai vu, des choses affreuses de mon temps. »

« J'en suis sur, » repondit le barman, toujours en essuyant. L'acnée sur sa nuque le démangeait. Tout en frottant, il pensa a sa copine et une petite érection se mit à pousser dans ses vieux pantalons en velours noir. Il se haïssait. Aussi, il était nerveux.

« On est bien au calme ici, » dit le Major. « Au calme, et puis maintenant vois ce qui arrive. ».

« La police partout au village, » dit le barman en dégageant sa gorge.

5

'Reputedly, she had the cure,' he said.

The Major, they called him. The cut of him! Neat as a pin, he sat on a stool at the bar fingering the stem of his whiskey glass.

'I've heard that,' said the teenage barman, who tried to be older than his years.

He wiped glasses unnecessarily. The air in the empty bar this early in the morning was empty and brown. The smell of disinfectant and perfumed spray, and the radio on, and terrible music.

The Major was lonely in the empty bar so early in the morning. 'Sad thing to happen,' he said.

'Shocking, shocking,' said the young-old barman, wiping; agitated.

The Major felt the seeds of a conversation swell in the midden air. He said, twitching his old, lined face and the shreds of a white moustache, 'I've seen some appalling things in my time.'

'I'm sure,' said the barman, wiping still. His neck had an acne itch. As he wiped, he thought of his girl and a modest erection grew in his fading black cord trousers. He hated himself. He was nervous, too.

'It's peaceful here,' said the Major. 'Peaceful. Then *this* happens.'

'Police all over the village,' said the barman. He cleared his throat.

'You have a wonderful country,' said the Major. He hated himself for being just a mite tipsy so early in the morning, and

« Vous avez un pays magnifique, » dit le Major. Il détéstait le fait qu'à cette heure du matin, il etait déja légèrement ivre, et tout seul; et ce serait la même chose le

lendemain, puis le jour d'après . . .

« M'ouais, » fît le barman, prenant le Major pour un vieux gâteux.

« Après ce qu'on lui a fait *nous*, » dit celui-ci.

« Il y a longtemps de cela, maintenant, Major, » dit le barman, avec un petit rire et d'une voix qui aurait put appartenir a son grand-père. Il fallait traiter le vieux Major comme un gamin des fois.

« Je vous trouve très tolérants de nous, » dit le major, en considérant ceci.

« Ah mais non, il n'y a rien a tolérer, » dit le barman, toujours avec la voix de son grand-père. Une ombre traversa son esprit.

Le Major termina son whiskey. Cela le rendit irritable et fatigué, et pourtant c'était nécessaire. Bruyamment, il se leva du tabouret sur lequel il était perché, tel un vieil oiseau hérissé : grand, maigre et tordu. Il habitait une maison à l'extérieur du village. Il y cultivait de belles roses autour des portes et des fenêtres et sur le portail il y avait une plaque avec dessus l'inscription : *Heurtebise*.

Au groupe de poésie de Manny, il récitait les poèmes de Rupert Brooke, et parfois quand il était en bonne forme, un ou deux des siens.

« Bon, eh bien, j'y vais, » dit le Major en essayant d'avoir l'air vif. Mais il était tres fatigué et il s'ennuyait tout d'un coup.

« Au revoir, » dit le barman, en pensant à sa copine.

alone; it would be the same tomorrow, and the tomorrow after that.

'Oh, well,' said the barman, thinking the Major very silly and old.

'After what *we* did to it,' said the Major.

'Long time ago, now, Major,' said the barman, in a voice his grandfather might have used, and with a dismissing laugh in it. You had to treat the old Major like a child sometimes.

'I think you are very tolerant of us,' said the Major, considering.

'Ah, now, there's nothing to be tolerant of,' said the grandfather of the barman in the barman's voice. A shadow crept over his mind.

The Major finished his whiskey. It made him tired and irritable, however necessary it was. Noisily, he slipped from his perch on the stool, a shaggy bird of a man: thin, tall, and bent. He lived in a cottage outside the village. He grew lovely roses round the doors and windows. On his front gate was a plaque with the inscription, *Heurtebise*.

At Manny's poetry group, he read the poems of Rupert Brooke and, when he felt very good, one or two of his own.

'Very well, then. I'm off,' said the Major. He tried to sound jaunty. But he was very tired. And bored, of a sudden.

'Good luck, now,' said the barman. He thought of the girl.

6

Manny fit signe au Major, qui était de l'autre côté de la rue . Le Major lui retourna le geste énergiquement et Manny fut contente qu'il ne traversa pas pour lui parler, car elle avait un élan spécial qu'elle ne voulait pas briser.

La rue principale du village était en pente et menait jusqu'au petit port, en passant devant 'Maher's pub'. Le haut de la rue était comme un portail menant dans le paysage grandiose, et au-dessus de cela, une main, un visage, un corps énorme; la montagne, reposait avec une vue sur le monde entier.

Dans les jours d'antan, des petits voiliers seraient partis du port, comblés de trésors : des tissus, de la tourbe et des bouteilles de liqueurs illégalement distillées. Surtout à Noël. Maintenant le port était calme et silencieux excepté pour le chant des câbles sur un petit yacht privé. Il y avait un magasin sur le port qui, pendant la saison touristique en été, vendait du thé et des cartes postales avec dessus de vieilles images du village. Ils y vendaient aussi des écharpes colorées que Manny avait tricoté et du fromage.

Il y avait un air de pluie aujourd'hui; pluie-salée de mer. Les nuages étaient sombres et la montagne avait tourné au noir.

Une voiture de marque japonaise, élégante et rapide, se gara au bord du trottoir et le beau jeune homme au volant appela Manny.

« Je cherche 'McGuinn's Bed and Breakfast', » dit-il, en consultant une petite carte de visite.

Manny le regarda, mais son visage ne lui dît pas grand chose. « Vous montez la rue, continuez environ un mile et prenez à droite, » dit-elle.

6

Manny waved across the street to the Major. The Major waved back energetically. Manny was glad he did not cross the street to stop her. She had a special momentum. She worked up to it and it sustained her. It should not be interfered with.

The sloping main street of the village led to the harbour, past Maher's pub. The top of the street was a door into the greater country and above this, like a hand, a face, an enormous body, sat the mountain, which could see everything.

In the old days, small sailed boats had left the harbour burdened with treasures of bolts of cloth and clods of turf and bottles of illegally distilled spirits. Especially at Christmas time. Now the harbour was quiet, save for the singing of lines on a small sleek white private yacht. There was a shop on the harbour, which served teas in the tourist time of the summer and postcards of old views of the village. And some of Manny's knitted coloured scarves. And cheese.

There was rain in the air, salt sea-rain. There was no light in the clouds and the mountain had turned black.

A smart, fast, Japanese car glided into the side of the kerb. A very young good-looking man called to Manny.

'I'm looking for McGuinn's Bed and Breakfast,' he said. He consulted a small printed card.

Manny looked at him but his face told her very little. 'Up this hill and you drive a mile maybe and turn right,' she said.

'Up here, then a mile maybe and then turn right,' the driver repeated, looking up the hill sadly.

Manny waited. She was bent down to the open window of the

« Je monte, un mile environ et à droite, » répèta le jeune-homme, en regardant tristement la pente.

Manny attentit un instant. Elle s'était courbée à la fenêtre de cette brillante et formidable voiture. Elle n'avait jamais apris à conduire. Avec un soudain courage elle dit : « D'où venez-vous? », tout en souriant de question à ne pas effrayer le jeune- homme.

« Je viens du journal, » repondît-il. Il la regarda et vît une vieille femme bizarre lui souriant, ses cheveux en queue-de-cheval comme une jeune-fille. Elle raconterait ceci à tout le monde.

« Ah! » s'exclama Manny. « A cause de cette pauvre fille morte. »

« Vous êtes si loin de tout ici, je suis probablement le seul, » dit le jeune-homme.

« Je ne sais pas, » dit Manny. « C'est une tragédie, si terriblement tragique. Qui aurait pû faire une chose si terrible à cette belle enfant? Tout ce qu'elle faisait, c'était aider les gens. »

« Que voulez-vous dire, aider les gens? » demanda le jeune-homme.

« Elle avait des pouvoirs de guérison, » dit Manny.

shiny wonderful Japanese car. She had never learned to drive. She envied the young man because he was young and for his car. With sudden courage, Manny said, 'Where are you from?', smiling as she said it, so's not to frighten him.

'I'm from a newspaper,' the young man replied. He looked up and saw an elderly, hulking, odd-as-bejesus woman smiling at him. With her grey hair pony-tailed like a girl. She would tell the whole world.

'Ah!' exclaimed Manny. 'Because of the poor, killed girl.'

'You're so far away out here, I'm probably the only one here,' said the young man.

'I don't know that,' said Manny. 'It is tragedy, so terribly tragic. Who could have done such a terrible thing to that beautiful child? All she did was help people.'

'How do you mean, help people?' asked the young man.

'She had powers to heal and cure,' said Manny.

7

Accroupi dans le froid hideux de la chambre, il chia bruyamment dans un pot de chambre en émail. Son odeur envahît la pièce crasseuse; le papier-peint pendait des murs en plâtre humide; le linoleum par terre était troué. Il se serait masturbé. Cela aurait été plus à force d'habitude que de luxure. Il n'en avait pas la force. Pas maintenant.

Les choses bougeaient autour de lui. La chambre était vivante. Des formes. D'étranges couleurs éxotiques étaient tapis aux cotés de ses yeux. Il se leva et s'essuya avec un vieux papier journal. Il tremblait, vibrait, avec le froid et le choc des effets de l'alcool qui s'éloignaient.

Au-delà de sa fenêtre, la mer se tourmentait et gémissait.

Il vida le pot quelque-part dans la nuit, en jettant le contenu n'importe où. Il se prépara un thé âcre dans une tasse bleue et fissurée. Il fuma de ses doigts tremblants, frémissants. Il versa du whiskey dans son thé. Puis il but le whiskey pur. Au goulot. Au bout d'un moment, la pensée ne lui faisait plus mal.

« *Et toi,* » dit-il haut et fort.

La pièce dans laquelle il était assis était à moitié cuisine, à moitié autre chose, avec des meubles morts, un christ crucifié sur le mur et une image de Jesus, son coeur à la main, l'air misérable.

Tout, dans cette pièce, avait l'air misérable. Son bric à brac à lui, dans sa maison. Il avait pitié de lui même.

Sa femme avait essayé, mais c'était une pute.

« Sale-salope-chienne-chienne-pute!» dit-il, en ponctuant douloureusement chaque mot avec un coup de poing sur la table

7

In the hideous cold of the bedroom, he squatted. He shat noisily into an ancient enamel commode. He exhaled. The relief was great. The smell of him rushed through the filthy room; the wallpaper hanging from the damp plaster; the floor's linoleum with holes in it. He would have masturbated. But it was habit, not lust. He had not the strength. Not now.

Things moved around him. The bedroom was alive. Shapes. Strange exotic colours lurked at the sides of his eyes. He stood up and wiped himself with a rag of newspaper. He shook, vibrated, in the cold air and the shock of alcohol leaving him.

Beyond his window the sea wailed and fretted.

He emptied the pot in the back plot somewhere, anywhere, with a toss. He made himself a cracked, blue mug of pungent tea. He smoked from shivering, quivering fingers. He poured whiskey into the tea. Then he drank the whiskey neat. From the bottle. After a time thinking did not hurt him.

'*You*,' he said out loud.

The room he sat in was a bit of a kitchen and a bit of something else, with dead furniture and a crucified Christ on a wall and a picture of the Sacred Heart looking miserable.

Miserable the scraps of everything in this room. The odds and ends of himself in this house. He felt sorry for himself.

His wife had tried, but she was a whore.

'Fuck-fucking-bitch-bitch-whore!' he said, punctuating each word with a thump of his fist, hurtingly, on the stained and gluey

tachée et collante. Il ouvrit la bouche et grogna, imitant un chien. Puis il se mit à rire.

« Tu est morte, partie, » dit-il. Puis il se senti effrayé.

« Elle n'a jamais été à moi, » dit-il très fort, ses esprits prenant un autre tournant. Il se frappa le torse avec le même poing qui avait frappé la table. Puis lui vinrent des pensées terribles.

Sur la route, à quelques centaines de mètres de chez lui, les voitures passaient très rapidement. Il en avait peur.

Il se mit à pleurer. Les larmes arrivèrent sans invitation.

« Aaagh! » il cria vers le plafond craquelé et craquelant, avec ses cartes du paradis et de l'esprit, sculptées dans les taches d'humidité. « Et comment pensez-vous que je me sente, moi, monsieur le détective! Que j'lui ai dit! Si c'était *votre* fille, *votre* seule enfant, et qu'elle soit là, devant vous, morte. »

Se répéter cette phrase dans la tête le récomforta. Il mit ses doigts dans ses pantalons. Rien. Il se cogna fort à l'entre-jambes. « Je vais te couper entièrement! » il cria, sa voix mince et aigüe; comme le bruit d'une mouette.

table-top. He opened his mouth and snarled, imitating a dog. Then he laughed.

'You're dead and gone,' he said. Then he felt afraid.

'She was never mine,' he said out loud, his mind taking another turn. He pounded his chest with the same fist that had pounded the table. Then he had terrible thoughts.

On the road a few hundred yards from his front door, cars went by very fast. They made him afraid.

He wept. Tears, unbidden, burst forth.

'Aaagh!' he shouted at the cracked, peeling ceiling, with its maps of the heavens and the soul carved out in patches of damp. 'And how do you *think* I feel, Mister Detective!' I told him! 'If it was *your* daughter, *your* only child, and she dead in front of you.'

Repeating this phrase in his head comforted him. He put his fingers inside his trousers. Nothing. He thumped his crotch hard. 'I'll cut you off altogether!' he screamed, his voice thin and high; like the noise a seagull makes.

8

« C'est une bien belle maison que vous avez, » dit le détéctive.

« Merci, » dit Guido, sa femme offrant du thé, tout en écoutant.

« Non, merci, » dit le détective.

Un autre policier passait, sans demander la permission, de chambre en chambre, regardant partout, soulevant tout, lisant tout. Guido était content que ses enfants soient à l'école, et ne voient pas tout ceci. L'air agité, il demanda : « Avez-vous des nouvelles ? »

« Quel genre de nouvelles ? » demanda le détective. Il était petit, vêtu d'un manteau imperméable vert. Il était gros et chauve et ses yeux ne fixaient jamais sur quoi que se soit, mais voletaient comme de minuscules accusations autour de la pièce, par dessus les meubles, les photos de parents décédés, les photos des enfants nés-en-Irlande.

« Des nouvelles de la fille, » dit Guido.

« Allons, allons, » dit le détective. « Allons. »

Guido vit par dessus l'épaule du détective, comme les branches et les petites feuilles sur la haie qui entourait la maison, bougeaient et remuaient avec le vent. Il vît également avec quelle vitesse passaient les gros nuages bas. L'autre policier revint dans la pièce.

« Nous devons faire notre enquête, » dit le détective.

« Bien sûr, » de la femme de guido. « Nous comprenons. »

« Excusez nous de vous avoir dérangé, madame, » dit le détéctive. Il avait posé tant de questions. Il avait posé les mêmes questions tant de fois, et Guido lui avait donné les mêmes réponses directes. « On ne vous embêtera plus aujourd'hui. »

La femme de Guido les accompagna jusqu'à la porte. Dès son

8

'This is a nice house you've got,' the detective said.

'Thank you,' said Guido. His wife looked on, offered tea.

'No, thank you,' said the detective.

Another policeman moved, without asking anyone's permission, from room to room, looking, lifting things, reading things. Guido was glad his children were at school, not to see this. Fidgeting, he said, 'Have you any news?'

'What sort of news is that?' asked the detective. He was a stout man in a green weatherproof jacket. A fat bald man whose eyes rested on nothing but flitted like tiny accusations around the room, over the furniture, over the photographs of Guido's dead mother and father, the photographs of his born-in-Ireland children.

'About the girl,' said Guido.

'Oh, now,' said the detective. 'Oh, now.'

Guido saw over the detective's shoulder how the branches and small leaves of the hedge around his house moved and twitched in the wind. And how quickly the low, fat clouds moved. The other policeman came back into the room.

'We have to make our enquiries,' said the detective.

'Of course,' said Guido's wife. 'We understand that.'

'Sorry to inconvenience you, ma'am,' said the detective. He had asked so many questions. He'd asked the same questions, over and over, and Guido had given the same, direct, answers. 'We'll not be bothering you any further today.'

Guido's wife, ever polite, saw them to the door. When she came back, Guido hugged her for a warmth he suddenly needed.

retour Guido l'embrassa, recherchant une chaleur dont il avait soudain besoin.

« Ils me donnent l'impression que nous avons fait quelque chose de mal, » dit-elle.

Mais Guido savait que, raisonnablement, ils avaient fait croire à sa femme qu'*il* avait fait quelque chose de mal; mais, de façon à ne pas le bouleverser, elle n'irait pas jusqu'à lui dire cela face à face. En retour, il ne lui expliquerait pas comment certains au village, les commères, le regardaient. Toujours ils le regardaient.

Etre un meurtrier ou *être pris pour* un meurtrier – quel était le pire?

'They make me feel that we did something wrong,' she said.

But Guido knew that, understandably enough, they made his wife think that *he* had done something wrong; but, not to upset him, she wouldn't say that to his face. In return, he didn't mention how some people in the village . . . gossips, looked at him. They always looked at him.

To *be* a murderer or to be *thought* a murderer – which was worse?

9

« Drôle de petit bonhomme, » dit le détective, en descendant la rue à pied.

« Il est Italien, » dit le policier qui, contrairement au détéctive, était basé au village. Ils continuèrent a marcher contre le vent dur et salé. On entendait le bruissement de la mer au loin; les oiseaux marins tournaient, suspendus à des fils d'air humide; les sons du village étaient ceux d'une poignée de voix, de portes qui s'ouvrent et se referment et, au loin, le bruit d'un moteur de voiture.

« Sûrement pas lui, » dit le détective. « Je ne pense pas. Hmmm ? »

« Eh bien, monsieur, » dit le policier, sans se commettre. Le détective était plus grand que lui en toutes sortes de manières insondables. Le policier avait en son for intérieur, le sentiment que ce détective venu de la ville était différent et son rôle plus important que le sien.

« Ce serait idiot de s'attaquer à une fille du coin si l'on est soi-même un des locaux dans un si petit village, » dit le détéctive. Il toussa du fond de sa gorge et cracha un morceau de flegme de la taille d'une pièce sur les pierres délabrées du trottoir.

« Une fille si bien connue, à ça, » fit le policier.

« Quel genre de choses savait elle guérir ? » demanda le détective.

Le policier n'était plus jeune. Il était rougeaud, avec une épaisse chevelure noire. Il ne s'était jamais marié. Il était – ou avait été – content d'être simplement le policier du village. Il se sentait souvent seul et bûvait, de temps en temps – mais certainement pas maintenant ! – en uniforme. Il réfléchit un moment ou deux.

« J'ai entendu dire que si vous aviez mal au dos, ou une

9

Strolling down the sloping street, the detective said, 'He's a funny little bloke.'

'He's Italian,' said the policeman, who was stationed, unlike the detective, in the village. They walked on in a stiff, salty wind. The sea rustled in the far distance; seabirds swung round and round on strings of wet air; the sounds of the village were the sounds of snatches of voices and doors opening and closing and a far away car engine.

'Hardly him,' said the detective. 'I wouldn't say. Hmmm?'

'Well, Sir,' said the policeman, non-committally. The detective was bigger than him in all sorts of unfathomable ways. But it was in the policeman's gut, in his belly, the feeling of how different and more significant in the earth the detective from the city was.

'Silly thing to do, to attack a local girl if you're local yourself in a village this size,' said the detective. He coughed deep in his throat and spat a coin-thick gob of phlegm onto the rickety flagstones of the pavement.

'And so well-known around,' said the policeman.

'What sort of things could she cure?' asked the detective.

The policeman was not young. He had a red face and black, thick hair still. He'd never married. He was – or had been – happy just to be a village policeman. He was often lonely and he drank, sometimes – but not now, certainly! – in his uniform. He thought for a beat or two.

'If you came to her with a bad back, or a sprain, or a cough that wouldn't go away, she'd cure that for you, I've heard,' he said.

foulure, ou une toux bien tenace, elle pouvait vous soigner,» dit-il.

« Alors les gens croyaient en elle?» demanda le détective.

« Oh oui. Surtout les personnes âgées. Sa mère avait aussi des remèdes, on disait. Aussi avec les animaux malades,» expliqua le policier, sa bouche trouvant des mots à se mettre sous la dent, alors qu'avant, elle avait faim.

« J'ai entendu qu'elle était conçue par l'haleine de dieu,» fit le détective. Le policier ne savait pas ce qu'il voulait dire et avait peur de lui demander, d'exposer son ignorance. Le détective le regarda d'un grand sourire.

« Ce que je veux dire, c'est que son père n'est pas son père,» dit le détective.

« Ah oui, j'avais entendu,» dit le policier, soulagé.

« Grimpé cette montagne et redescendue enceinte,» fit le détéctive. « Une sorte de miracle, je dirais.»

Le policier ne voulait rien dire. Pendant un instant il avait honte. Honte de lui-même et du village entier.

« Immaculée conception bonjour,» continua le détective.

Rougissant, terriblement gêné et ne sachant pas pourquoi, le policier passa à la défensive. « Il y a sans doute une explication plus rationnelle,» dit-il. Puis il se rendit compte de la stupidité des mots que sa bouche venait de dévorer.

Le détéctive eût pitié de lui; le policier du village au bout du monde. Légèrement honteux, il dit : « Allons boire un coup, peut-être qu'on y verra plus clair,»

« Je suis en uniforme,» dit le policier.

« Je pense qu'on l'a mérité,» dit le détéctive, en essayant de les rendre camarades, frères, partageant les mêmes ennuis.

Ils entrèrent à 'Maher's pub'.

'People believed in her, then?' asked the detective.

'Oh, they did. The older people especially. Her mother had cures too, they said. With sick animals, too,' explained the policeman. His mouth was finding words to eat where before it had been hungry.

'I've heard she was conceived out of the breath of God,' said the detective.

The policeman didn't know what he meant by that and was too afraid to ask, to show his ignorance. The detective looked at him with a grin.

'Her father's not her father, is what I mean,' said the detective.

'Oh, I've heard that,' said the policeman, relieved.

'Went up that mountain and came down full with child,' said the detective. 'A class of miracle, I'd say.'

The policeman didn't want to say anything. For an instant he felt ashamed of himself and ashamed on behalf of the entire village.

'Immaculate conception how are you,' continued the detective.

Blushing, terribly conscious of himself and not knowing why, the policeman became defensive. 'I'd say there's a more rational explanation,' he said. And then realised how stupid were the words his mouth devoured.

The detective felt sorry for him; the village policeman at the edge of the world. And a little ashamed of himself. 'We might think better with a drink,' he offered.

'I'm in uniform,' said the policeman.

'I think we deserve it,' said the detective, trying to bring them to being comrades, brothers, sharing the same troubles.

They went into Maher's pub.

10

Patsy Joe était vieux. Il se déplaçait a l'aide d'une vieille canne noueuse et très lentement. Parfois, ses filles venaient lui rendre visite. Elles faisaient le ménage chez lui et lui préparaient quelque chose à manger et disaient : « Comment vas-tu aujourd'hui papa ? »

Et Patsy Joe, qui était pratiquement aveugle, disait : « Je lutte. »

Et elles faisaient semblant de ne pas s'en apercevoir et continuaient à travailler sans relâche sur la maison dans laquelle elles étaient nées, femmes robustes dont les enfants avaient déjà grandi, négligeant leur apparence physique, le travail de leur vies déja accompli.

Parfois, avec un bon feu dans la cheminée et une casquette plate sur la tête, Patsy Joe regardait la lune, dans toute sa magie, comme le visage d'un enfant, se cachant derrière les branches des arbres, puis montant haut dans le ciel noir. La pièce brillait de la lueur du feu et de la lune, qui, au début était large, et diminuait au fur et à mesure qu'elle grimpait les branches des arbres.

Patsy Joe chantait parfois pour ses petits-enfants et leur racontait des histoires. Il leur disait qu'à leur âge, ou seulement un petit peu plus vieux, il travaillait dur à longueur de journée dans les champs, pendant la moisson. Fortifié au babeurre et d'épaisses tranches de pain – les enfants n'auraient jamais goûté au babeurre – il leur racontait des histoires de fées, et d'une sorcière qui avait l'apparence d'une belle jeune-fille, pleurant assise sur un muret en pierre, et comment elle avait invité des petits enfants à son château où elle les faisait bouillir dans un grand chaudron, et l'histoire d'un petit garçon qui s'en était échappé. Il entrelaçait dans ses histoires,

10

Patsy Joe was old. He moved around on a gnarled wooden stick and very slowly. Sometimes his daughters visited him. Then they would clean his house from top to bottom and make him something to eat and say, 'How are you today, Daddy?'

And Patsy Joe, who was almost blind, would say, 'I am struggling'.

And they would ignore him and work with great intent about the house they'd been born in, big women with grown children, uncaring about how they looked, their life's work accomplished.

With a good fire banked up and a flat cap on his head, Patsy Joe would watch the magic moon, with its child's blank face, squint behind the branches of trees and rise in the black sky. The room would blink with firelight and the moon, big at first, would diminish as it climbed the branches of the trees.

Patsy Joe would sing for his grandchildren and tell them stories. He would tell them how it was to be not much older than they were and working all day in the fields at harvest time. Fortified by buttermilk and thick slabs of bread – the children had never tasted buttermilk – he would tell stories of fairies, and of a witch who appeared as a beautiful girl, sitting on a stone wall, weeping. And how she lured unsuspecting children back to her castle, where she boiled them in a big cauldron, and how one little boy got away. And he would weave into his stories all the familiar places, the local places, so that the children would fidget with little bursts of pleasurable fear to have danger so close and intimate.

tous les endroits familiers, les endroits du coin, pour remuer les enfants avec de petits éclats d'une agréable peur d'un danger si proche et intime.

« Allons papa, » disaient ses filles.

« Ce ne sont que des histoires, » leur répondait-il en riant.

« On les a déjà entendues il y a des années, » diraient ses filles.

« Eh bien je les fais passer aux enfants, » dirait Patsy Joe.

Il ne leur raconta pas comment les 'Black and Tans', soldats britanniques, un jour l'avaient enchaîné au mur d'une tour de pierre en ruine avec un autre jeune homme pour les faire parler. Et comment l'autre jeune homme s'était mis à sentir mauvais, à pourrir, mort depuis quelques jours à ses côtés.

Puis la belle jeune sorcière . . .

« Ca suffit comme ça, » diraient ses filles, « Ils ne pourront jamais dormir avec ces histoires en tête. »

« Alors je leur chanterai une chanson, » dirait Patsy Joe. Et il leur chanterait une très vieille chanson qui lui venait du coeur du monde. Une drôle de chanson sans thème particulier.

« Nos enfants sont la plus importante chose dans la vie, » il disait à ses filles, « avertissez les à propos de vous savez où ! »

Ses filles ne disaient rien, elle continuaient à s'occuper de la maison, irritées par leur vieux père, agacées qu'il soit encore en vie, même si c'était une pensée terrible. Le fardeau qu'il était, le fardeau qu'était l'amour.

« Je dis simplement, » dirait Patsy Joe, « Je dis simplement la vérité. »

« Chose affreuse à dire à propos de quelqu'un, » lui disaient ses filles, le savoir qu'il essayait de leur communiquer étant trop à supporter.

Plus tard elles chuchotaient ensemble, « C'est vrai, c'est vrai ce qu'il dit, à ce qu'il paraît. »

Quand tous étaient partis, il y avait la cheminée et la lune. Et il

'Now, Daddy,' his daughters would say.
'I'm only telling stories,' Patsy Joe would laugh back at them.
'We've heard them years ago,' his daughters would say.
'I'm passing them on,' Patsy Joe would say.

He did not tell of how the Black and Tans, wanting information, had chained him and another young man to the wall of a ruined stone tower and refused them food and drink. And how the other young man had begun to smell and rot, dead for days, chained beside him.

And then the beautiful girl who was a witch . . .

'That's enough, now,' his daughters would say, 'They'll never sleep, with those stories in their heads.'

'I'll sing them a song, so,' Patsy Joe would say.

And he would sing a very old song which came to him from the heart of the world. A funny song about nothing at all.

'Children are what we live for,' he would tell his daughters, 'Keep them warned about you-know-where!'

The daughters would say nothing, moving around the house, irritated by their old father, annoyed that he was still alive, though that was a terrible thought. The burden he was, the burden love was.

'I'm only saying,' Patsy Joe would say, 'I'm only saying what's true.'

'Terrible thing to say about anyone,' his daughters would tell him, the knowledge he was trying to give to them too much for them to bear.

Later they'd whisper together, 'It's true, it's true all the same what he says, so I've been told.'

When they'd all gone, there was the fire and the moon. And he'd hum to himself as his nostrils filled with the odour of rotting.

Now the moon was sitting on a very high black branch. 'The

se fredonnait un petit air pendant que ses narines se rempliraient d'une odeur de pourriture.

La lune était maintenant assise sur une haute branche noire. « La lune est innocente, surement, » se dirait Patsy Joe dans le silence de la pièce, seul le feu dans la cheminée faisait le moindre bruit.

« Pas du tout comme le monde, » dirait-il, allumant sa pipe.

moon is an innocent thing, surely,' Patsy Joe would say to himself in the silence of his room, only the crackling fire making a noise.

'Not like the world at all,' he'd say, and light up his pipe.

11

Les petits enfants de Patsy Joe, deux garçons et une vive fillette, étaient assis sur le mûret du quai quand l'hydravion se posa sur la baie. Maintenant et pour toujours, c'était un souvenir. L'émerveillement enflamma leurs petites pensées. A l'école, ils avaient écrit une rédaction expliquant comment le petit avion blanc, avec son moteur haletant semblait être né du flanc de la montagne.

Comment les vieux, leurs pipes en mains, avaient dit : « Ces jeunes Barton sont gâtés, sûrement. »

Et comment l'avion, incliné comme une mouette, avait semblé sur le point de s'écraser et comment le bruit du moteur avait changé. Et les lèvres blanches de la houle embrassant le ventre de l'avion quand il toucha la surface.

Les trois enfants, et beaucoup d'autres, avaient tout vu : « L'avion se déplace comme un bateau – quel miracle ! »

Un avion qui flotte ! – et un jouet de bateau à moteur en caouchouc *haaargh-haaargh*a sur les eaux plates et désintéressées. Les Barton étaient riches, tout le monde le savait. Peut-être qu'ils avaient avec eux une 'pop-star' de Dublin ! Ou alors un politicien ! Peut-être qu'il avaient volé dans le ciel et amerri dans la baie tout simplement parce qu'ils le pouvaient. Et les enfants pensèrent ; tout comme nous aimons jouer.

« Toujours eu de l'argent ceux-là, » diraient Patsy Joe et les autres vieux, comme si les Barton etaient coupables d'avoir commis un grand péché.

Au village, il y avait un garage 'Barton' et une épicerie où l'on

11

Patsy Joe's grandchildren, two boys and a sprightly, fairy-quick girl, had been on the wall of the quay when the sea-plane landed on the bay. Now and forever it was a memory. It set their small thoughts alight with wonder. In school, they'd written an essay about how the small, white 'plane with its gasping engine seemed to be born out of the side of the mountain.

How the old men, clinging to their pipes, had said, 'Them Barton lads are spoiled, surely.'

And how the 'plane, tilting like a seagull, had seemed about to crash crazily and how the sound of the engine changed. And the white lips of surf kissing the belly of the 'plane when it nudged the water.

The grandchildren, and a lot of other children too, had watched: 'The 'plane turned like a boat – what a miracle!'

A 'plane floating on the sea! – and a toy of a motor-boat made of rubber *haaargh-haaarghed* over the flat, disinterested water. The Bartons were rich, everybody knew. 'Perhaps they had with them a pop-star from Dublin! Or a politician! Or perhaps they just flew in the air and landed in the sea because they could.' And the children thought; just like we like to play games.

'Always had money, that bunch,' Patsy Joe and the older men would say, as if the Barton's were guilty of great sin.

There was a Barton garage and a Barton grocery shop where you could play the Lottery. There was a Barton hostel where the

pouvait jouer a la loterie. Il y avait une auberge de jeunesse 'Barton' où les étudiants italiens et allemands passaient leurs vacances d'été et envahissaient les rues avec leur bruit surnaturel et coloré.

Les fils et les filles des Barton étaient beaux et jolis, polis, bien éduqués. Notaires, docteurs, agents immobiliers, ce qui semblait les rendre encore plus beaux et jolis. Leurs enfants à eux aussi étaient beaux. L'argent avait tendance à faire ça.

Il y avait d'autres familles comme les Barton au village, mais au lieu de posséder des batiments, avaient du terrain ou du bétail, et conduisaient d'énormes voitures féroces avec de grosses roues.

On pouvait les reconnaître par leur beauté, et par la beauté de leurs femmes et de leurs enfants. Ils faisaient du cheval des fois, en fin de semaine. Après la messe, on entendait le son des sabots dans la rue en pente. Leurs voix étaient hautes et fières au bar chez 'Maher's pub'.

Italian and German students stayed in the summer and filled up the streets with their unearthly colourful noise.

The Barton sons and daughters were handsome and pretty, well-spoken, educated. Lawyers and doctors and auctioneers, which seemed to make them all even more handsome and pretty. Their children too were good-looking. Money could do that.

There were other old village families like the Bartons. They did not own brick property, but they owned land, or cattle, and drove fast, enormous fat-wheeled vehicles that snarled.

You knew them by their handsomeness and the handsomeness and prettiness of their wives and children. They rode horses on some weekends. After Mass, the sound of the horses' hooves rattled down the sloping street. Their voices were loud and proud in Maher's bar.

12

Il sortit en titubant de l'épicerie Barton, l'ancienne publicité pour le tabac 'gold flake' conservée dans la vitrine signifiait tradition. D'autres affiches, faites à la main, faisant part de l'existence d'une crèche, de matches de 'hurling' et d'un club de badminton pendaient à la vitrine bien astiquée.

Personne ne savait quoi lui dire. Ils le contournaient. C'était l'odeur. Tout du moins, c'était la chose décente de se faire de la peine pour lui. Sous sa crasse, il gardait la tête basse.

« Regardez-moi ça, » dit une femme.

« Quand-même, » en dit une autre.

« Oui, quand-même, » en dit une troisième.

« Mais la dégaine qu'il a, » dit la première.

Ce n'était pas facile, elles le savaient, de se faire de la peine pour un homme vêtu en lambeaux. Coupables, elles se chantèrent: « Il doit être riche . . . Cette maison! »

« Le terrain sur lequel elle est batie. »

« Il doit avoir quelque chose, ce serait impossible qu'il n'ait *pas* quelque chose. »

« Il aurait pu au moins s'habiller correctement pour l'enterrement de sa fille. »

Elles le regardaient; marchant toujours en groupes de deux ou trois; les filles de Patsy Joe et les filles d'autres vieux du village.

Il continua à marcher en titubant, le vent semblait le garder debout, avec un air de voleur. Sur lui, peut-être plus que sur tout autre chose, la montagne jetait son ombre.

« Quelqu'un devrait dire quelque chose, » dit l'une des femmes.

12

He staggered out of the door of Barton's grocery, the ancient Gold Flake advertisements kept to show tradition in the window, hand-made, hasty posters advertising crèche facilities, hurling matches and a badminton club clinging to the shiny window glass.

No one knew what to say to him. They walked around him. The smell of him. But, still, it was only decent to show grief on his behalf. In his filth, he kept his head down.

'Look at the cut of him,' one woman said.

'Still,' said another.

'Aye, still,' said a third.

'But the cut of him,' said the first woman.

It was not, they knew, the easiest thing, to feel grief for someone who dressed in rags. Guilty, they sang to each other:

'He must have money . . . That house alone!'

'The land it's on.'

'He must have something, he couldn't *not* have.'

'You'd think he'd dress up for his daughter's funeral.'

They watched him; walking always, in one's and two's and three's; Patsy Joe's daughters and the daughters of other old men.

He staggered on, kept up by the wind, a thiefy look about him. Over him, more than over anything else, perhaps, the mountain cast its shadow.

'Someone should say something,' one woman said.

No one answered this. There was nothing to say that would

Personne ne répondit. Il n'y avait rien à dire de répréhensible. Elles auraient préféré ne jamais l'avoir vu sortir de l'épicerie Barton. Cela voulait dire que maintenant, elles devaient penser à lui, et se demander si elles devraient aller lui offrir leurs condoléances, comme elles auraient fait si ce fût n'importe qui d'autre.

« Sa femme a beaucoup souffert, » dit une des femmes.

« La pauvre femme, oui, » en dit une autre.

Puis, il y eût une petite pause, suffisante pour laisser l'inéxprimé, les mots, noirs, comme de la mélasse, se former et se réenforcer.

« Et puis, » dit l'une des femmes, « On dit que sa fille . . . eh bien, vous *savez* ce qu'ils disent ! »

« Oui, » elles inclinèrent la tête. Mais chacune avait une image différente en tête. Elles continuèrent à marcher en marmonnant dans ce qui leur était familier. Il leur sortit de l'esprit.

Sa solitude était sans fin, aussi profonde et résonnante que sa colère.

not sound wrong. They were sorry they'd ever seen him coming out of Barton's. It meant they had to think about him, and whether to tell him they were sorry for his trouble, as they would have done to anyone else.

'His wife suffered,' said one woman.

'The poor woman certainly did,' said another.

Then there was a little pause, just enough to allow the unspoken, the black, treacly feel of the words, to gather form and strength.

'Then,' said a woman, 'It's been said his daughter . . . well, you *know* what they say!'

'Yes,' they nodded. But they each had different pictures in their heads. They walked into what was familiar to them, muttering. He passed out of their minds.

His loneliness was bottomless, as deep and echoing as his anger.

13

La maison semblait respirer.

Le père Dermody s'était souvent demandé si la maison était vivante, de la même façon que lui-même était vivant. Ou s'il y avait des manières différentes mais parallèles qu'elle puisse vivre. Mais quand il allait de pièce en pièce – autrefois un homme de grand gabarit qui-jouait-dans-l'équipe-régionale-quand-il-était-jeune; maintenant son ombre était vieille et chauve et rabougrie – il pouvait ressentir les murs rentrer et sortir. Comme s'il était au coeur de quelque chose qui respirait doucement.

La vieille horloge, près du porte-carabines qui n'avaient jamais servi et du tas de cannes à pêche qu'il n'avait pas utilisées depuis longtemps, cliquetait et claquetait en rythme avec la maison. Sur le palier à l'étage, une statue à l'effigie de Jesus, mains saignantes ouvertes d'une façon macabre et peu attrayante, le regardait de manière accusante. « *Non, non,* » disait le Christ en plâtre, « *ça n'ira pas du tout.* »

Le père Dermody, curé du village pendant tant, tant d'années, entendit à nouveau la jeune voix, assoiffée, effrayée, coupable, a travers la grille du confessionnal. Les péchés ne me dérangent pas, se dit-il; mais ne me racontes pas tes secrets. Le garçon lui avait raconté des secrets, pas de vrais péchés; personne, le père Dermody avait conclu il y avait longtemps, n'avait jamais commis un vrai péché.

La voix du garçon, angoissée et serrée, avait dit, « J'ai eu de mauvaises pensées à propos d'une fille, mon père. »

« Ah, » le père Dermody avait répondu, ennuyé et fatigué.

13

The house seemed to breathe.

Father Dermody had often wondered if the house was alive, in the same way as he was alive. Or if there were different, but parallel, ways in which it might live. But when he went from room to room – once a broad-shouldered, played-for-his-county-when-young priest; now bald and elderly and a stooped sort of shadow on the shadow of himself – he felt the walls go in and out. As if he were moving in the heart of something, quietly exhaling and inhaling.

The grandfather clock in the hallway, near the rack of unused and very old guns and the stack of fishing rods he never used now, hadn't used for many years, clicked and snapped and clacked in time to the rhythm of the house. At the top of the staircase, an almost life-sized Christ, bleeding hands outstretched in a macabre and uninviting welcome, looked down upon him accusingly. 'No, no,' said the plaster Christ. '*This won't do at all.*'

Father Dermody, priest in the village for so many, many years, heard the young voice again, parched, frightened, guilty, through the mesh of the confessional. 'I don't mind sins,' he told himself, 'but don't tell me secrets.' The boy had told him secrets, not real sins; no one, Father Dermody had concluded long ago, ever truly committed a real sin.

The boy's voice, anxious and tight, had said, 'I have had bad thoughts about a girl, Father.'

'Ah,' Father Dermody had replied, bored and jaded.

La gorge du garçon, humide et collante, avait produit des petits sons glissants dans le noir encensé. Le père Dermody attendit, car la patience était bonne pour l'âme.

« J'ai pensé à son corps, » avait dit le garçon. Puis d'un voix plus basse : « Des pensées lascives mon père. »

Le père Dermody avait remarqué comme le mot 'lascif' avait difficulté à se former dans la bouche du jeune. Un mot peu nécessaire, appris dans un livre. Ou de ses propres sermons vides. Un mot qui ne connaissait pas de jeunesse. *'Joyeux'* le père Dermody avait presque dit, *il faut utiliser le mot 'joyeux'*.

Puis le garçon avait dit, « Mais la fille en question est morte, mon père. »

Le père Dermody ne s'était pas donné le temps de penser trop fort « Tu as des pensées désireuses envers une fille morte, mon fils? »

« Oh oui mon père, » dit-il.

Moi aussi, le père Dermody avait faillit dire. *Moi aussi*. Pendant un moment il y avait un silence dans le confessionnal. Mais le père Dermody, comme tout bon docteur, savait que le silence effrayait les patients. Un silence apporte généralement une mauvaise nouvelle. Une question absurde lui vint à l'esprit : *aimes-tu Beethoven?*

Le père Dermody avait faillit lui demander de quelle façon il désirait une fille morte, mais il connaissait déjà la réponse. Puis le garçon dit ce qu'il avait à dire, et le père Dermody resta dans le beau sombre chaleureux du confessionnal jusqu'à ce qu'il entendit la porte de l'église se refermer et le silence sacré, si on pouvait appeler ça ainsi, envahir à nouveau le batiment.

The boy's throat, wet and sticky, had produced all its slippery little noises loudly in the incensed dark. Father Dermody waited, for patience was good for the soul.

'Thoughts about her body,' the boy had said. Then, in a lower register, '*Lustful* thoughts, Father.'

Father Dermody had thought how awkward the word lustful shaped itself in a young mouth. An unnecessary word, learned from a book. Or from his own hollow sermonising. A word that had nothing of youth in it. *Joyful*, Father Dermody almost said, *you should say joyful instead.*

Then the boy had said, 'But the girl is dead, Father.'

Father Dermody had not given himself time to think too deeply. 'You lust after a dead girl, my son?'

'Oh, yes, Father,' he said.

So do I, Father Dermody almost said. *So do I*. For a moment there was a silence in the confessional. But Father Dermody, like any good doctor, knew that silence often terrified the patient. Silence meant something bad. Incurable. An absurd question formed in his mind: *Do you like Beethoven?* Father Dermody almost asked the boy in what way he lusted after a dead girl, but he knew the answer himself. But then the boy said what he said, and Father Dermody remained in the confessional's beautiful, warm dark until he heard the church door close and the silent sacredness, if that is what it was, take over again.

14

Le père Dermody et le détective auraient pu être amis; en d'autres circonstances. Il avait l'air d'être le genre d'homme à apprécier un bon whiskey, peut-être même de la bonne musique.

Il y avait d'étranges policiers partout au village. Leur présence était montée à la tête du policier du village jusqu'au point où il était devenu insupportable, tellement il désirait être respecté. On entendait sa voix, comme un gros nuage, tous les soirs à l'heure de fermeture à 'Maher's pub', une heure qui jusqu'ici, n'avait jamais été respectée.

Le père Dermody voulait dire au détective : *Je veux bien vous parler, mais sortez moi cet Irlandais de carnaval. Ce guignol de gendarme.* Mme Connor, la meticuleuse petite gouvernante leur prépara du thé puis se retira à son refuge dans l'arrière cuisine.

Evénements sortis de mes mains, pensa le père Dermody. Comme toujours. Comme avant. Sur terre comme aux cieux.

Son thé à la main, le dos tourné à la pièce, le détéctive lui posa beaucoup des mêmes questions qu'il lui avait demandées auparavant. Le père Demody lui donna les mêmes réponses.

Le détective, regardant à travers la fenêtre, remarqua l'air brutal du flanc de la montagne dans la sombre lueur d'une journée grisâtre. Il dit, « C'était une enfant,mon père. Et j'ai vu ce qu'on lui a fait!»

Un frisson passa dans le corps du père Dermody et il espéra qu'ils ne s'en étaient pas aperçus. Il aurait bien voulu casser le bras du policier qui carressait de ses doigts sales et ignorants le dos de ses livres sur l'étagère. Il se souvint du garçon et du

14

He could have been pally with the detective; in other circumstances. He struck Father Dermody as the sort of man who'd appreciate a decent whiskey and maybe even good music.

There were strange policemen all over the village. But their presence had inflated the self-importance of the village policeman, so that he had become, in his desire to be respected, intolerable. Big as a cloud, his voice nightly boomed in Maher's pub at closing-time, an hour which had never been respected until now.

Father Dermody wanted to tell the detective: *I'll talk to you but take that ridiculous stage-Irishman out of this house. That Punch-and-Judy policeman.* As things went, Mrs Connor, Father Dermody's small and fussy housekeeper, made them all tea before retreating to her hideaway in the scullery.

Events taken out of my hands, Father Dermody thought to himself. As always. As before. As above, so below.

Standing with the teacup in his hand and his back to the room, the detective asked many of the same questions of Father Dermody which he had asked before. Father Dermody replied as before.

The detective, thinking of how brutal-looking the side of the mountain, viewed from the priest's window, could look in the pale half-light of an overcast day, then said, 'She was a child, Father. And I saw what had been done to her!'

Father Dermody shivered. He hoped they hadn't noticed. He wanted to break the arm of the local policeman, whose filthy ignorant fingers touched up the spines of the books on his

confessionnal noir et du manque de valeur d'une absolution froide; mais peut-être que le garçon, effrayé, avait tout simplement voulu passer à quelqu'un d'autre le fardeau de son secret. Peut-être que maintenant, il était heureux. Il ne parlerait jamais au détective. Ou alors, qui sait?

« Affreux, » dit le père Dermody. En levant les yeux, il attrapa son propre regard, a vingt ans, les bras croisés, souriant au deuxième rang d'une équipe avec des battes de 'hurling' noirs et blancs entre leurs jambes et sur leurs genoux; la photo dans son cadre suspendu au papier-peint du mur. L'innocence implicite dans la photo l'irrita.

« Un insensé, » dit le détective. « Rien d'autre qu'un insensé. Connaissez-vous quelqu'un de fou dans votre commune? »

Ceci était une nouvelle question, donc le père Dermody devisa une nouvelle réponse : « Je ne suis pas un psychiatre, détective. »

« J'aurais pensé que vous alliez dire que nous sommes tous les enfants de Dieu. »

« Non, je n'allais pas dire ça, » répondit le père Dermody, *parce que je sais que nous ne le sommes pas tous*, pensa-t-il.

« Il y a toujours quelques clowns, » dit le policier du village, d'une voix simultanément timide et arrogante que le père Dermody ressentit râpant, comme des dents d'acier, sur la partie tendre de son âme.

« Les clowns ne m'interessent pas, » dit le détective d'un ton théâtral. Il tourna son dos à la fenêtre; un peu de vapeur monta de sa tasse. Il regarda le père Dermody.

On serait peut-être allé à la pêche, pensa le curé. *Ces jours là, on aurait peut-être même fait un peu de marche sur la montagne. C'était ce qu'elle aurait fait avec moi, avant qu'il n'arrive. J'étais son confesseur, puis son ami, ce qui avait infiniment plus de valeur. Quelque chose qu'il n'aurait jamais pû être.*

« Si j'entends quelque chose, je ferai mon devoir, inspecteur, » dit-il, pressé de les voir partir.

Le visage du détective s'adoucit. Ou sembla s'adoucir : « Vous êtes les yeux et l'oreille de la commune, mon père, j'en suis sûr. »

« Je ne le suis pas, » dit le père Dermody, ressentant la ruse du

shelves. He thought of the boy and the black confessional, and of how cold absolution was worthless; but perhaps all the boy had wanted, in his fear, was to give someone else the burden of his secret. Maybe he was happy now. He would never talk to the detective. Or who could say?

'Dreadful,' said Father Dermody. He looked up and caught the eye of himself, at twenty, arms folded, smiling on the second row of a team with black-and-white, hurley sticks resting between their legs and over their laps; the photograph leaning in its frame from the wallpapered wall. The innocence implicit in the photograph irritated him.

'A madman,' said the detective. 'Nothing less than a madman. Do you know of any madmen in this parish, Father?'

This was a new question, so Father Dermody polished a new answer. 'I'm no psychiatrist, detective.'

'I thought you were going to say that we're all God's children.'

'No, I wasn't,' answered Father Dermody, and thought to himself: *Because I know all of us are not.*

'There's always a few right clowns,' said the local policeman, in a voice, timid and arrogant at the same time, which Father Dermody felt grating like iron teeth on the soft parts of his soul.

'I'm not interested in clowns,' said the detective theatrically. He turned from the window; steam rose from his cup. He looked at Father Dermody.

We might have gone fishing, thought the priest. *In those old days, we might even have gone walking on the mountain. Which is what she used to do with me, before he came along. I was her confessor, then her friend, which is infinitely more valuable. Which was what he could never be.*

'If I hear anything, I'll do my duty, Detective,' he said, anxious to get rid of both of them.

The detective's face softened. Or seemed to. 'You're the eyes and ears of this parish, I'm sure, Father.'

'I'm not that,' said Father Dermody, sensing the old copper's trick, to feed kindness and friendliness into the gun and fire those, deadly as anything harder. He smiled back.

vieux flic, de bourrer le canon avec de l'amicalité et de la gentillesse, puis d'ouvrir feu. Il lui retourna un sourire.

« On à affaire à un individu fâché, » dit le détective. « La colère, je pense est la clef du mystère. »

L'amour aussi peut tuer, pensa le père Dermody, et il dit, au moment où le détective lui rendit la soucoupe et la tasse d'une manière condescendante, « Comme je dis détective, je ferai mon devoir. Je suis sûr que vouz pouvez apprécier que je ne suis ni dans le coeur, ni dans l'esprit de ces gens. »

« Certains d'entre eux n'ont *pas* de coeur, *ni* d'esprit, » dit le policier local, qui se demandait comment on pouvait lire tant de livres sans devenir fou.

Le père Dermody le regarda, la tasse dans ses mains tremblait dans la soucoupe.

« On vous laisse, père, » dit le détective. *J'aurais pas aimé qu'il me mette une claque quand il était jeune ce gars là, ou même aujourd'hui*, pensa le détective.

Quand ils furent partis, le père Dermody remarqua à nouveau la maison qui respirait. Il monta à sa chambre, tomba à genoux au bord du lit, se frappa la poitrine, et il fût surpris de la facilité avec laquelle les larmes se mirent à tomber.

'We're looking for a right angry individual,' said the detective. 'Anger is the key to what was done to that girl!'

Love can also kill, thought Father Dermody, and he said, as the detective patronisingly handed him his cup and saucer, 'I'll do my duty, as I said, Detective. I do not live in the hearts and minds of these people, as I'm sure you can appreciate.'

'Some of them don't *have* hearts *or* minds,' said the local policeman, who wondered how anyone could read so many books and not go mad.

Father Dermody looked at him, the cup rattling on the saucer in his hands.

'We'll go, Father,' said the detective. The detective thought, *I wouldn't want a smack off that man when he was a young lad. Or even now, come to that.*

When they were gone, Father Dermody became aware of the house breathing again. He went up to his room, fell to his knees at the side of his bed, beat his breast, and surprised himself at how easily tears could come.

15

Le Major, qui avait tout juste fait le service militaire, n'avait vu aucune sorte d'action violente de sa vie, non plus avait il fait le rang de 'Major'. Il avait été promu caporal, un point c'est tout.

Mais il comprenait l'ordre social auquel il devait maintenant s'ajuster; que le fait qu'il était là ne s'expliquait pas tout simplement par le fait que lui et sa femme, maintenant décédée, avaient adoré ce coin du monde, l'Irlande, pas nécessairement le village en particulier, quand ils avaient passé leur lune de miel ici. Son accent, qui semblait déjà rudement écarré en Angleterre, à coté de ses termes militaires lui avait donné le nom de Major au village.

Parce que le terme 'Major', il avait cru entendre, était curieusement synonyme avec les anciens maîtres anglais; et en répit de lui-même, en répit de ses fortes déclarations de son abhorrence pour l'esprit – le fantôme – de l'occupation Britannique, il trouvait que son personnage était respécté, que les gens du village s'inclinaient d'une façon très bizarre devant lui. A mi-chemin entre condescendance et respect, il s'imaginait.

Pourquoi ôtent-t-ils encore un bonnet invisible envers les choses qui les gouvernaient auparavant? se demandait souvent le Major, assis auprès d'un feu résonnable, avec Rupert Brooke sur son genou. Sa femme regrettée lui souriant du linteau de la cheminée. Tout comme ses deux fils, tous les deux en Amérique.

C'était pour lui un mystère. Le Major posa son Rupert Brooke pour écrire une lettre à son fils aîné, qui habitait à Philadelphie. Il était pris – c'était peut-être le whiskey et la lueur du feu – par une soudaine crise de bonne volonté et voulait en communiquer

15

The Major, who had been called up for National Service, had never seen violent action of any kind, nor commissioned rank for that matter. The "Major" had been promoted to corporal, and that was that.

But he understood that some sort of social adjustment into a higher order of things was necessary; that his being here was not sufficiently explained by his saying how he and his late wife had loved the place, Ireland, that is, not necessarily this village, when they'd honeymooned here. His accent, rough-hewn enough in England – no Sandhurst man he – came together with his army talk and planted him a major in the village.

Because "Major" was, he thought he'd heard, curiously synonymous with landlordism of the old school; and, in spite of himself, in spite of his declared-loudly abhorrence of the spirit – the ghost – of British occupation, he found his impersonation looked up to, deferred to, in a very odd way, by the village. Halfway between patronising and respectful, he imagined.

Why do they still doff an invisible cap to the things which ruled them? the Major often wondered, seated by a reasonable fire with Rupert Brooke on his lap. His late wife stared smilingly down from the mantel. As did his two sons, both in America.

It was a puzzle to him. The Major left down his Rupert Brooke to write a letter to his eldest son, who lived in Philadelphia. He was overcome – call it the whiskey and the firelight – with a rush of chilly goodwill and wanted to convey some of this in writing to someone. His eldest son, being most

un peu en écrivant à quelqu'un. Son fils aîné, étant le plus semblable à lui, lui vînt immédiatement à l'esprit. Mais quand il était là, stylo en main, prêt à écrire, d'autres pensées, d'autres obligations, s'entassèrent, luttant pour trouver un peu d'espace dans sa tête.

Le Major avait des responsabilitées au village. L'ombre de la mort de cette pauvre enfant – évidemment c'était du meurtre, à ce qu'ils avaient dit, à ce que la télévision et la radio avaient confirmé – se cramponnait à chaque bonne pensée, à chaque envie positive. L'ombre lui porta à l'esprit ses responsabilités, et une fatigue s'imposa, annulant ses bons sentiments.

Il leva les yeux de sa page blanche. Dans un coin de la pièce reposait une photo de lui, souriant d'un air étourdi, à l'aise, la caserne derrière lui.

« Oh, » haleta le Major, se réalisant qu'il avait un jour été tellement jeune. Comme si un autre mystère lui avait été offert.

like him, came immediately to mind. But when he came, pen in hand, to write, other thoughts, other obligations, crowded in, competing for space in his head.

The Major had responsibilities in the village. The shadow of that poor child's death — well, obviously, it was murder, from what they said, from what the TV and radio confirmed — clung to every good thought, to every positive urge. The shadow brought his responsibilities to mind, and a weariness fell over him which annulled his good feelings.

He looked up from his blank page. In a corner of the room sat a large black-and-white photograph of himself, smiling giddily, at ease, with a row of barracks behind him.

'Oh,' gasped the Major, to realise he had once been so young. As if another puzzle had been offered to him.

16.

Le gîte des McGuinn avait devant lui une plaque qui balaçait affreusement dans la brise qui descendait de la montagne. La plaque indiquait : *The Holy Way Guest House* dans un vieux style d'écriture évoquant la devanture d'un saloon dans un vieux western. Le jeune journaliste gara sa voiture. Il lit : Mary et John McGuinn, propriétaires, sous les cinq autres mots, puis poussa la grille en acier forgé. Un petit tricycle en plastique reposait, renversé, dans le jardin typique.

Il entendit le son des vaches mugissant au loin, et le fouet des rafales de vent passant sur les anciens murs 'de famine' qui ne menaient nulle-part, n'empêchaient rien de sortir ni de rentrer et qui remontaient les flancs de la montagne comme des veines assèchées. Il voulait rentrer chez lui.

La femme qui ouvrit la porte était enceinte et très jolie à regarder. Voyant son large sourire, ses yeux bleus, une toute petite fillette tirant sur ses pantalons et la bosse sous son gilet, il sourit aussi.

« Bonjour, » dit la ravissante femme enceinte. « Je suis Mary. »

Il se présenta. La fillette aux jambes de la femme suçait son pouce.

Il se décontracta avec du café et des biscuits. Ils bavardèrent. La femme était presque trop prête à bavarder. Son nom de jeune-fille était Barton. Sa mère tenait l'épicerie. Elle ne fumait pas à cause du bébé, mais d'habitude elle fumait, elle le rassura. Il se refusa une cigarette. C'aurait été agréable de fumer, boire du café, et la regarder.

16

McGuinn's Bed and Breakfast had a sign outside it which swung nastily in the breeze coming off the mountain. The sign said: *The Holy Way Guest House* in very odd print-style, reminiscent of the Saloon signs in Westerns. The young journalist parked his car, read *Mary and John McGuinn, Props*, under the five other words, and pushed open the wrought-iron gate. A child's plastic tricycle lay on its side in the typical front garden.

He heard the sounds of cows lowing far off, and the whip of gusts of wind across the ancient "Famine" walls which led nowhere and kept nothing in or out and which ran up the sides of the mountain like dried-out veins. He wanted to drive home.

The woman who opened the door was pregnant and very lovely to look at. Seeing her wide smile, blue eyes, a tiny ragged girl tugging at her jeans, the bulge under the thrown-on cardigan, he smiled too.

'Hello,' said the lovely pregnant woman. 'I'm Mary.'

He introduced himself. The girl at the woman's legs sucked her thumb.

Over coffee and biscuits, he relaxed. They talked. The woman seemed only too ready to talk. The woman's single name was Barton. Her mother ran the grocery shop.

She didn't smoke because of the baby, but she smoked, she reassured him. He refused himself a cigarette. It would have been nice to smoke, drink coffee, and look at her.

'You go ahead and smoke,' she said. 'Don't mind me.'

« Allez-y, fumez, » dit-elle. « Ne vous en faîtes pas pour moi. »

Mais il s'en faisait pour elle. Son enfant s'amusait autour de ses jambes. Ils rirent.

« Jamais un moment de répit, » dit Mary McGuinn.

Et ils rirent à nouveau. Mais tout les deux ressentirent le poids des choses plus sérieuses. Embarrassée, Mary McGuinn se leva, en repoussant la table pour faire place à son gros ventre.

Il la regarda. Il décida que c'était juste la fatigue, cette attraction pour elle.
Elle était jolie à regarder, ouverte et pleine de conversation, et c'était tout. Elle lui montra la chambre; petite et bien rangée, avec une fenêtre et une armoire.

« Combien de temps resterez-vous? » demanda Mary McGuinn.

« Je ne sais pas, » dit le jeune journaliste, qui avait l'intention de rester le moins de temps possible il n'y avait pas si longtemps.

« Nous n'avons jamais eu de journaliste au gîte, » dit Mary McGuinn.

La petite fillette suçait son pouce, serrant dans ses bras les jambes de sa mère. Il prit dans ses narines l'odeur de toutes les chambres à louer du monde. Il voulait qu'elles partent pour qu'il puisse fermer la porte. Ensuite il ouvrirait la fenêtre et fumerait.

Mary McGuinn resta à la porte. « Il y eu des cameramen et des reporters et Dieu sait quoi, » dit-elle. Elle le regarda, en essayant de ne pas le regarder, et pensa, *il n'est pas si laid. Et moi avec mon gros ventre, ça ne semble pas l'embarrasser. Je veux qu'il continue à me parler.*

« C'est une grande nouvelle, » dit-il. Puis il ajouta, « une *tragique* nouvelle. »

« Elle avait toujours été étrange, » dit Mary McGuinn, garnissant le feu de mots avec d'autres mots.

« Que voulez-vous dire? » demanda-t-il.

Lèvres arrondies, pensa Mary McGuinn. *Comme celles d'une fille.* « Elle ne se mêlait jamais aux autres, n'étant pas d'ici, » elle suggera. « C'est ce qu'on dit. Elle était très jolie. »

« Avait-elle un petit-ami? »

Le mot *petit-ami* fît rougir Mary McGuinn, parce qu'il

But he did mind her. Her infant daughter played around her legs. They laughed.

'Never a dull moment,' said Mary McGuinn.

And they laughed again. But both of them felt the drag and tug of serious things. Embarrassed, Mary McGuinn stood up, shoving the table back from her fat belly.

He watched her. He put it down to fatigue, this being drawn to her. She was nice to look at and open and conversational, and that was all. She showed him his room; small and tidy, with a window and a wardrobe.

'How long will you be staying?' asked Mary McGuinn.

'I don't know,' said the young journalist, who had intended to stay as short a time as possible not so long ago.

'We've never had a journalist to stay with us,' said Mary McGuinn.

The little girl sucked her thumb and hugged her mother's legs. He took in his nostrils the smell of every rented room in the world. He wanted them to go, so that he could close the door. He would then open the window and smoke.

Mary McGuinn remained in the doorway. 'There's been cameramen and radio interviewers and God knows what,' she said. She looked at him, trying not to, and thought, *he is not that bad-looking. And me with my big fat belly, it doesn't embarrass him. I want him to keep talking to me.*

'It's a big story,' he said. Then added, 'A *tragic* story.'

'She was always strange,' said Mary McGuinn, stoking the fires of words with more words.

'How do you mean?' he asked.

Roundy lips, Mary McGuinn thought. *Like a girl's.* 'Never mixed, so far's I know, not being from here,' she suggested. 'That's what they say. She was very good-looking.'

'Had she a boyfriend?'

The word *boyfriend* made Mary McGuinn blush, because it resurrected feelings which marriage, she'd reminded herself, had put to sleep. It was a young word, what young girls said, and when he said it they were both suddenly young in the room and a danger to each other.

ressuscitait des émotions que le fait d'être mariée, elle s'était rappelé, avait endormi. C'était un jeune mot, que disaient les jeunes-filles, et quand il l'eût dit, ils étaient soudainement tout les deux jeunes dans la chambre et en danger de l'un de l'autre.

« Honnêtement, je ne sais pas, » dit-elle d'une voix mariée.

Il entendît la portière de son humeur rieuse se refermer. Il témoigna un changement du ton. Pas seulement dans sa voix, mais dans la densité et la couleur de l'air dans la chambre. Il ouvrit la fenêtre.

« Bon, » dit-il.

« Je vous appelerai pour dîner, » dît Mary McGuinn.

Quand il se retourna, elle et son enfant avaient disparu.

'I honestly don't know,' she said, in a married voice.

He heard the closing of the gates of her laughingness. He acknowledged the alteration in tone. Not just in her voice, but in the density and colour of the air in the room. He opened the window.

'Well,' he said.

'I'll call you for dinner,' said Mary McGuinn.

When he looked around, she and her infant daughter had vanished.

17.

La montagne – que les vieux croyaient être la route que les fées, étant des anges tombés du ciel, prenaient pour remonter au paradis : une fois là-haut elles appelaient et cognaient aux portes, mais personne ne répondait, ce qui les rendait malveillantes quand elles redescendaient – tombait brusquement à la mer.

Les violonistes locaux jouaient parfois une complainte sinistre et sauvage. Celle-ci, disaient-ils, avait été entendue par leurs pères, qui rentraient en bateau, quand les temps étaient plus jeunes. C'était la chanson des fées qui luttaient dans l'eau.

Il y avait des buissons sur les pentes de la montagne que personne n'osait couper. Il y eût un temps où les gens accrochaient des haillons de tissu, en offrandes aux fées pour qu'elles guérissent leur bétail. Maintenant c'était des vieux paquets de chips suspendus sur les branches squelettiques, des morceaux de papier-toilette, et de toutes sortes d'emballages que le vent y avait apporté.

Il y avait un chemin de pelerinage qui menait au sommet, à travers des kilomètres de terrain brun et stérile semé de rochers éboulés. Venté par la pluie, le chemin était impossible à grimper et dangereux à redescendre. Sous le voile de nuages, des croix en bois trempées marquaient le chemin du Christ au calvaire. Devant ceux-ci, les pèlerins, trempés et fatigués et irritables, récitaient les prières tirées des serments fragmentés et monotones du père Dermody. Les jours de beau temps, les pèlerins remarquaient les buissons sans raison particulière et diraient, « Regardez là, les buissons des fées. »

Puis, ce petit salut au paganisme et aux rites primitifs leur feraient sentir inexplicablement honteux. Même si celui-ci leur était venu

17

The mountain – which the older people believed was the route the fairies, being fallen angels, took back to Heaven: once there they knocked and clamoured at the gates, but no one answered, which made them malicious when they came back down – falls sharply into the sea.

Local fiddlers play a lament, unearthly and wild, which, they said, their dead fathers had heard, coming in from the sea when time was young. It was the song the fairies sang, struggling in the water.

There were bushes on the mountain's slopes which no one dared to cut down. Once, people had hung scraps of cloth on them as offerings to the fairies for cattle-cures. Now, empty potato-crisp packets hung on the scraggly branches, and bits of tissue paper, and wrappers of all sorts, blown there by the wind.

There was a single pilgrim-path to the top, up across barren, brown acres peppered with rocks and scree. Rain-blown, the path was impossible to climb and dangerous to descend by. Under the veil of cloud, drenched wooden crosses marked out Christ's passage to Calvary. At these, the pilgrims, wet and tired and irritable, prayed and responded to Father Dermody's cracked monotone. On sunny days and in good bright weather, the pilgrims would notice the bushes for no reason at all and say 'Look at the fairy bushes.'

And then they'd feel inexplicably ashamed of themselves, for this unfathomable lapse into the primitive and pagan. Even though it came upon them unbidden, as if out of the mountain

sans qu'ils ne le veuillent, comme si la montagne l'avait fait surgir, juste parce qu'ils étaient là. Les buissons portaient bien leur mystère. Les croix en bois, dures, noires, semblaient gémir et se plaindre.

Ils continuaient à grimper, têtes basses, le front pratiquement touchant le visage de la montagne, la roche rugueuse et la bruyère, ayant peur de se retourner et voir l'austère longue distance parcourue et l'altitude qu'ils auraient gagné; au cas où la terreur les dépassait et ils se retournaient et se mettaient à descendre en courant, retombant, le long des pentes, vers les choses habituelles.

Pendant la saison des pèlerinages, des cars remplis arrivaient. Jeunes ou vieux, infirmes ou en bonne santé, tous flanqués sur la face de la montagne espérant rédemption, bonne chance, un meilleur métier, une meilleure épouse, la guérison d'un cancer, le renouvellement d'un coeur malsain.

L'envie de gravir la montagne était aussi vieille que les buissons de fées, mais ils ne le savaient pas. Ils croyaient tous que ça avait rapport avec Dieu.

Au sommet, sur un espace en roche plate, un Golgotha de climat navrant et de prière terrible, reposait un maître-autel rugueux, également en pierre mais celle-ci bénite. C'était ici que le père Dermody célébrait la messe, si la montagne et le temps le permettaient. Les jours de beau temps, quand il levait l'Hostie, il voyait par dessus les bords de celui-ci, l'océan léviathan, immense, qui s'étandait tel une couverture de bleu-vert, froissée par un courant vivant et affreux, d'ici jusqu'au nouveau monde.

Un petit disque en gaufrette levé vers le soleil, le père Dermody voyait, perché sur son rebord de son autel, le monde entier, ses cités, ses étendues, et les redoutables et inimaginables choses dans les profondeurs, les îles de glace et les navires qui avaient péri dessus, et les les barques des saints. Autour de lui, sous une légère pluie ou une faible brume, des figures sombres se formaient, douloureusement à genoux. La silhouette de chèvres sauvages se formerait aussi, d'un air malsain, contre le ciel gris.

Il avait vu plus d'une fois un visage se lever, une bouche ouverte, devenant un autre visage plus distingué et familier. L'Hostie tremblait dans ses doigts.

itself, because they were there. The bushes wore their mystery well. The harsh, black, wooden crosses, worn and tired like themselves, seemed to moan and complain.

Up, up they'd go, heads down, foreheads almost touching the face of the mountain, the rough heather and the rock, afraid to look back because of the bleak far-distance they'd travelled and how high they'd climbed; in case a terror of themselves would overtake them and they'd turn and run down, fall down the mountain slope to familiar things.

In the full pilgrimage time, they'd come in bus-loads. Old and young, healthy and infirm, blasted onto the face of the mountain by a greed for redemption or better luck, a better job, a better wife, the defeat of a cancer, the renewal of a sick heart.

The urge unto the mountain was as old as the fairy bushes, but they did not know that. They thought it had something to do with God.

At the top of the mountain, on a flat place of stones, a Golgotha of harrowing weather and terrible prayer, a rough altar stood, a stone itself but blessed. Upon this, Father Dermody celebrated Mass, if the mountain and the weather permitted it. On a good day, when he raised the Host, he could see over its rim the immense and leviathan sea. It stretched like a blue-green blanket ruffled by some dreadful living undercurrent, all the way to the New Land.

Circle of white wafer raised to the moving sun, Father Dermody would see from his ledge the whole of the world, its cities, plains, and the unimaginable fearsome things of the deep, and the islands of ice and the ships which perished on them, and the currachs of saints. Around him, in a wash of rain or faint mist, bowed rain-darkened figures would shape themselves, kneeling painfully. Close-by, wild goats shaped themselves evilly upwards against the grey sky.

More than once he had seen a raised face, an open mouth, become another, more distinct and familiar raised face and mouth, and the Host would tremble in his fingers.

18

Il y avait des casiers à homards vides, allongés sur leurs flancs, blessés. Il y avait des rouleaux vereux de corde oubliée, de l'herbe verte, sechante, mourante sous le vent salé.

Il y avait des voiles, brunes et triangulaires, levées au loin dans la brise marine, contre un ciel lumineux de bleu-cassé, un ciel comme une tasse bleue avec des égrenures en surface.

Il y avait des chiens heureux, dansant sous la quille des bateaux. Les bateaux dormaient comme de vieux hommes contre le quai, la marée étant basse. Il y avait des vieilles dames avec leurs livrets de pension, bavardant au guichet de poste.

« Comme c'est terrible, » elles disaient. « Que Dieu nous protège toutes ! »

« Qui aurait bien pu . . . » Et leures têtes vêtues d'écharpes bougeaient de gauche à droite à la révélation de ce monde hideux.

C'était difficile à comprendre, un meurtre. Aucune personne encore vivante au village ne se souvenait d'un meurtre. En conséquence, il n'y avait aucune place réservée pour une chose de ce genre dans le déroulement des choses habituelles.

« Et ce n'était qu'une jeune fille, » elles disaient. « Que Dieu nous épargne ! »

Elles chantaient comme si le meurtre était une sorte de fléau. Comme si ces imprécations à voix basse pourraient défaire l'évènement, aussi. Une d'entre elles sortit du bureau de poste et remonta la pente vers l'église, qui, dormant derrière quelques arbres anciens et un mur pourri en pierre, l'attirait telle une promesse se cachant dans une allée.

18

There were lobster pots heavy with emptiness, lying on their sides, wounded. There were maggoty coils of forgotten rope, sea-wrack drying and green grass dying under the salt wind.

There were sails brown and triangular, pitched into the off-land breeze, waving against a bright broken-blue sky, a sky like a blue cup with chips in its surface.

There were happy dogs dancing under the keels of boats. The boats lay like old men dozing against the quay wall, the tide gone out. There were old women with their pension books nattering in the crush of the post-office.

'How terrible,' they said. 'God protect us from all harm!'

'How could anyone . . .' And they'd shake their scarved heads at the hideous revelation of the world.

The murder was difficult to understand. There had never been a murder in the village in the memory of anyone living. Consequently, there was no place reserved for such a thing in the ordinary fathoming of events.

'And she only a child,' they said. 'God spare us!'

They incanted as if the murder were the onset of a plague. As if these under-the-breath imprecations might possibly undo the event, too. From the post office, one of the women wound her way uphill to the church, which, sleeping behind some ancient trees and a rotting stone wall, drew her like a promise hiding in an alley.

In the church, with its agonised Christs and its musty silence, she lighted a candle to St Theresa, The Little Flower. Hot spurts of yellow light, little sharp arrows of yellow light, caught at her

Dans l'église, avec ses Christs à l'agonie et son silence moisi, elle alluma un cierge pour St Thérèse, La Petite Fleur. Jaillissement chauds de lumière jaunâtre, petites flèches pointues de lumière jaunâtre, lui attrappaient les doigts, les poignets. La femme s'agenouilla, baissa la tête, et dit une prière sans la moindre idée pourquoi. Elle pria au dessus des cierges bon marché, au pieds d'une sainte en plâtre. Ses mots étaient des chuchottements gutturaux, comme si elle bavardait avec Dieu au lieu de prier. En priant, les mots passant ses lèvres sèches comme de la soupe chaude, elle ressentit un changement dans l'air, elle ouvrit ses yeux, vit la flamme des cierges dansant, leva la tête, vit les plâtreux yeux bruns de la sainte bouger, ou au moins elle imagina qu'elle avait bougé.

La femme se leva rapidement. Elle ne voulait pas être assassinée. Son long manteau avait l'odeur de vieillesse et de chair qui séche. Son visage n'était pas beau, ni joli, ni agréable à regarder. Elle se mît debout et regarda autour d'elle. Les bougies dans l'église oscillaient et dansaient. Et la lumière de l'autel dansait aussi.

Le père Dermody sortit de nulle part. Ou alors, il sortit du sol. « Bonjour, Madame O'Dwyer. Comment allez-vous?»

Qu'il soit maudit, pensa-t-elle. *Qu'il soit maudit jusqu'en enfer pour m'avoir fait peur.* « Bien, mon père,» dit-elle. « Vous m'avez fait peur, c'est tout.»

Le père Dermody la regarda. Il ne pouvait trouver aucune compassion pour la vieille dame. Son dépérissement le fâcha. *Mauvais*, se dit-il. *Mauvais que je déteste ce que fait l'âge. Mauvais que je ne puis plus souvent voir la beauté.*

« Vous allez mieux maintenant, Madame O'Dwyer,» dit le père Dermody, un grand homme parlant au dessus d'une très petite femme aux jambes arquées. Il sourit.

« Bien sûr, mon père,» dit Madame O'Dwyer. « N'est-ce pas terrible . . . J'allumais justement un cierge pour que son âme repose en paix, mon père.»

Repos de l'âme, pensa le père Dermody. *C'est peu probable. Il n'y a pas de Dieu bienveillant, pas d'endroit de repos, pas de*

fingers, at her wrists. The woman knelt, bowed her head, prayed without having the slightest idea of what she was praying about. She prayed over the cheap wax-candles, to the feet of a plaster saint. Her words were gutteral whispers, as if she were not praying, but gossiping to God. As she prayed, running the words like hot soup through her dry lips, she felt the air change, opened her eyes, saw the candles flicker, looked up, saw the plastery brown eyes of the saint move, or imagined she did.

The woman stood up quickly. She did not want to be murdered. Her long fat coat wore the smell of old age and flesh drying up. Her face was not beautiful, or lovely, or pleasing in any way. She stood up and looked around. All the lighted candles in the church flickered and wavered. And the light in the altar lamp flickered too.

Father Dermody came out of nowhere. Or he came up out of the ground. 'Good day, Mrs O'Dwyer. And how are you?'

Damn you, she thought to herself. *Damn you to Hell for scaring me.* 'I'm fine, Father,' she said. 'I got a bit of a fright, that's all.'

Father Dermody looked at her. Her could find no compassion for the old woman. Her withering made him angry. *This is wrong*, he said in his head. *Wrong that I should despise what age does. Wrong that I cannot more often look at beauty.*

'You're all right now, Mrs O'Dwyer,' said Father Dermody, a big man talking downwards to a very small, bow-legged woman. He smiled.

'Oh, I am of course, Father,' said Mrs O'Dwyer. 'Isn't it terrible . . . I was lighting a candle for the repose of her soul, Father.'

Repose of the soul, thought Father Dermody. *That's unlikely. There is no benevolent God, no resting-place, no redemption and, God knows, no resurrection. But how shocked and destroyed this woman would be to hear me say that. How shocked and destroyed.*

'Take your time, Mrs O'Dwyer,' said Father Dermody. 'I'm sorry I disturbed you.'

redemption, Dieu sait, pas de resurrection. Si cette femme m'entendait dire cela, elle serait choquée, elle serait détruite. Choquée et détruite.

« Prenez votre temps, Madame O'Dwyer, » dit le père Dermody. « Désolé de vous avoir dérangée. » Il se mit en route. Il eût une vision, importune, de Madame O'Dwyer et des autres, le regardant à la messe, leurs visages pleins de piété et d'espoir. Et de toutes les couleurs différentes de leurs langues, quand il déposait l'Hostie sur l'humide chair malsaine. La foi est une chose fragile.

Tu as l'air si vieux, pensa Madame O'Dwyer. *Et je me souviens, tu étais tellement beau, les filles allaient à la messe deux fois, juste pour te regarder.* « Merci mon père, » dit Madame O'Dwyer. « Je partais justement. »

« Finissez ce que vous faîtes, » dit le père Dermody avec impatience. « Dites-en une pour moi. »

« Vous n'en avez pas besoin, mon père, » dit la femme, le regardant s'éloignant d'elle, de plus en plus loin, retournant dans les ténèbres de la froide église. *Il a les yeux rouges*, pensa Madame O'Dwyer. *Soit il a bû, soit il a pleuré.*

He made to move away. He had a vision, unwelcomed, of Mrs O'Dwyer's face and the faces of the others, looking up at him at Mass, blank with piety and hope. And the many different colours of their tongues as he laid the Host delicately upon the wet, unhealthy flesh. Such frailty was faith.

You look so old, thought Mrs O'Dwyer. *And I remember you a handsome man, the girls going to Mass twice just to get a look at you.* 'Thank you, Father,' said Mrs O'Dwyer. 'I was just leaving.'

'Finish what you were doing,' Father Dermody said impatiently. 'Say one for me.'

'Sure you don't need them, Father,' said the woman, watching him go away from her, farther and farther into the cloying shadows of the cold church. *His eyes are red,* thought Mrs O'Dwyer. *He's either been drinking or he's been crying.*

19.

Il voyait à travers la sale fenêtre, la mer verte qui montait et descendait. Le ciel était bas et gris; de sales nuages marrons s'enfuyaient rapidement vers les terres. Une sale pluie battait à la fenêtre. Le rivage, pas trop loin, mais assez loin, avait l'air trempé et sale, semé des vieilles pierres roulées et endommagées par la mer. L'herbe mince et frénétique fouettée par le vent froid.

L'odeur de l'endroit, l'odeur de cet homme assis, à moitié ivre, dans son affreux fauteuil.

Le détective songa au spectacle inutile et sans espoir du mauvais temps au-delà de la fenêtre. Il se demanda comment quelqu'un pourrait vivre ici, au bord ruiné du monde. Pendant un moment, il ressentit un brin de compassion envers l'homme puant, qui était en train de se dissoudre dans son fauteuil délabré. Derrière le fauteuil, la sombre silhouette du policier, qui attendait aussi patiemment que de la poussière.

« Je vous ai tout dit, » dit l'homme dans le fauteuil.

« Je n'en doute pas, » dit le détéctive. Il n'arrivait pas à déchirer son regard du carnage du temps au-dehors. *Si j'étais dans un petit bateau*, pensa-t-il, *je ramerais pour toujours jusqu'à tomber au bout du monde*, Pensa-t-il.

L'odeur, la pièce détruite, la maison entière, les tas de journaux mouillés, de sales tasses cassées, la présence métallique de cannettes de bière vides, la gracieuse pagaille de bouteilles de whiskey; avait-elle habité ici, cette belle jeune fille, aussi sale et ruinée que lui, prenant glorieuse vie seulement quand l'air salé et le soleil l'attrapait?

19

He could see through the filthy window the rough green rise-and-fall of the sea. The sky was grey and low; fast, dirty brown scraps of cloud fled inland. Dirty rain blattered on the glass. The shore, not far off, but far enough, looked drenched and filthy with sea-wrack and old rolled stones. The frantic thin grasses whipped and lashed in the cold wind.

The smell of the place, and of him sitting half-drunk in that disgrace of an armchair.

The detective wondered at the useless, hopeless spectacle of the bad day beyond the window. He wondered how anyone could live here, on the ruined edge of the world. For a moment he felt the pressings of an unwanted compassion towards the stinking man dissolving on the wrecked armchair. Behind the armchair stood the dark figure of the local policeman, patient as dust.

'I've told you all,' said the man in the armchair.

'I'm sure you have, now,' said the detective. He could not take his eyes off the loud carnage of the weather outside. *If I were in a small boat*, he thought to himself, *I would row on forever until I fell over the edge.*

The smell, the candid destruction of the room, the whole house, the creep of wet newspapers in piles, of cracked unwashed cups, the tinny presence of empty beer cans, the gracious clatter of empty whiskey bottles; had she lived here, that beautiful girl, as filthy and ruined as him, coming to glorious life only when the salt air and the sun seized her?

A Sacred Heart picture, so woeful and inadequate; a plaster

Une image du sacré coeur, malheureuse, inadéquate; une ou deux effigies en plâtre, la croix de sainte Brigitte au dessus de la porte : la maison aurait du être libérée d'esprits malsains, plus qu'autre chose.

« Rien d'autre?» sonda le policier, qui se gavait sur le pouvoir qu'on lui avait donné, sa voix venant des ténèbres derrière le fauteuil.

Le personnage maigre, assis profondément dans son fauteuil, essaya de tourner la tête pour lui répondre. Il ne le pouvait pas. Sa réponse, dirigée vers la pièce, apparut donc quelque peu insolente :

« Rien d'autre. J'ai tout dit.»

Une demi-chose, leur langage, pensa le détective. *Ni Irlandais, ni Anglais, deux vieux pots battus ensemble afin d'en obtenir un nouveau. Une chose à mi-chemin. Une langue ni à gauche ni à droite. Un dialect ni noir ni blanc. Ni montagne ni vallée.*

Le personnage dans le fauteuil regardait le détective à la fenêtre et détestait son silence rigoureux. Dans sa tête, derrière ses yeux, d'autres apparitions prenaient forme comme des images fièvreuses. Il voulait quelque chose à boire, mais il ne leur donnerait pas la satisfaction de le voir chercher une bouteille. Il attendrait qu'ils soient partis. Il y avait une bouteille de *poitín* dans la chambre de sa fille.

Sa chambre.

Il était conscient de sa désolation, des efforts pitoyables qu'elle avait fait pour y mettre des rideaux propres, faire son lit, faire briller les choses.

Les petits ornements qui brillaient dans la lueur marine, morte, fixe.

Il se souvint. Une petite, petite lame traversa le sommet de son ventre, coupant doucement, le déroutant. Ou du moins, c'était ce qu'il ressentait. Nom de dieu! Quelque chose à boire.

Il ne pouvait les laisser le voir ramper, il avait sa dignité. Rien d'autre ne leur dirait-il. Pourtant il le savait. Je suis son père, après tout, pensa-t-il; mais les mots lui sortirent de la bouche, sans qu'il puisse y faire quoi que ce soit : « *Je suis son père, après tout.*»

saint or two, a St Bridget's Cross over the door: the house should have been free of evil spirits, if nothing else.

'Nothing else?' probed the policeman, fattening on his granted power, a voice from the dark behind the armchair.

The figure deep and spindly in the armchair tried to turn his head to answer. He could not. So, unintentionally, his reply, directed into the room at no one, appeared insolent: 'Not a thing else. I've said all.'

A half-thing, their language, the detective thought. *Not Irish, not English, a couple of elderly pots beaten together until, somehow, they made a new one. A half-way thing. A language neither up nor down. A tongue neither black nor white. Neither hill nor plain.*

The figure on the chair watched the detective at the window and despised his rigorous silence. Inside the man's head, behind his eyes, other images flickered like images in a fever. He needed a good drink. Yet he would not give them the satisfaction of seeing him grope for one. He'd wait until they were gone. There was a bottle of *poitín* in her room.

Her room.

Though even he was conscious of its desolation, and the pathetic girly-womany attempts she'd made to put up clean curtains, keep the bedclothes tidy, polish things.

Little ornaments that shone in the dead fixed sea-light.

He remembered them. A tiny, tiny blade moved over the roof of his belly, slicing gently, unnerving him. It felt, at least, as if that was what was happening. Mother of Jesus! He longed for a drink.

He could not let them see him crawl, he had his pride. No more would they get from him, he decided. Though he knew so much. I am her father, after all, he thought; but the thoughts came out through his mouth, without his being able to do anything about it. '*I am her father, after all.*'

The detective turned from the window. He looked pale in the

Le détéctive se tourna le dos à la fenêtre. Il avait l'air pâle dans la lueur grise. « Pas besoin de me le dire, je le sais, » dit-il.

Le policier du village remua derrière le fauteuil. « Pourquoi faudrait-il que tu nous le rappelle ? » demanda-t-il.

« Oui, nous le savons déja, » dit le détéctive.

« Je sais que vous savez, » dt-il, dans les profondeurs de son fauteuil. Tout d'un coup, il se sentit faible et froid. « Je soliloquais. »

« Ce village est plein de rumeurs, » dit le policier.

« Quel genre de rumeurs ? » il demanda au détéctive ; mais il avait le pressentiment qu'ils le taquinaient. Comme l'on taquinerait un chien, ou un animal pour lequel l'on n'aurait aucun respect.

Le détéctive était devant lui maintenant, bloquant la lumière du jour. La bouteille qu'il voulait semblait plus loin que jamais.

« Des mauvais esprits ont les gens, » dit le policier, derrière lui et au-dessus. « De mauvaises langues aussi. »

La bouteille était sous le lit, dans une boîte, ou alors sur son armoire, ou alors, nom de Dieu ! où était-elle ? Il n'arrivait pas à penser. *Allez vous faire foutre . . . Allez vous faire foutre*! pensa-t-il.

La pièce était devenue plus sombre, il pensa, tout reposait dans la pulsation d' une grosse ombre. Le vent criait plus fort. Quelque chose bougeait sur le toit.

« *Dites ce que vous avez à dire et sortez !* » il cria, sa tête bougeant de droite à gauche, de droite à gauche.

« Du calme, » dit le détéctive. « On n'insinue rien du tout. »

« C'est un bien joli mot ça, *insinuer*, » dit-il, en essayant de les ridiculiser, en essayant de se faire sentir plus fort.

« Ce n'était pas ta fille, mon bonhomme, » dit le policier dans le grand sombre impossible derrière le fauteuil.

« Tout le monde le sait, » dit le détéctive.

« Mensonges ! » cria-t-il. Il se sentit sur le point de pleurer. Ils étaient si cruels ! Il se sentait si impuissant ! « Les gens par ici ne peuvent pas jeter de pierres ! » il cria. « Je pourrais vous en raconter, des choses. J'en connais un qui aime ses cochonneries, ah oui. »

Il y eût un silence difficile dans la pièce délabrée, sans vie. Il

grey light. 'You don't have to tell me, I know that,' the detective said.

The village policeman shuffled behind the armchair. 'Why should we need reminding?' asked the policeman.

'We know it already,' said the detective.

'I know you do,' he said from the depths of the armchair. Of a sudden, he felt weak and very cold. 'I was thinking out loud,' he said.

'This town is full of rumours,' said the policeman.

'What sort of rumours?' he asked the detective; but he had the uncomfortable feeling that they were teasing him. As you'd tease a dog, or an animal you'd no respect for.

The detective was standing over him now, blocking what light there was. The drink he so needed seemed farther out of his reach than ever.

'Bad minds, people have,' said the policeman, behind and above him. 'Bad, restless tongues, too.'

The drink was under her bed, in a box, or it was up on her wardrobe or, Loving Christ! where was it? He couldn't think straight. *Fuckyou . . . fuckyou!* he thought.

'*Say what you have to say and get on with it!*' he shouted, his head jerking round, back, round, back.

The room was darker, he thought, everything lay in fat pulsing shadow. The wind was louder. Something moved in the roof.

'Take it easy,' said the detective. 'We're not insinuating anything.'

'That's a fine word, *insinuating*,' he said, trying to mock them, trying to make himself feel stronger.

'She was no daughter of yours, my man,' said the policeman in the high, impossible dark behind the armchair.

'Everyone knows that,' said the detective.

'It's bloody lies!' he shouted. He felt on the verge of tears. They were so cruel! He felt so helpless! 'The people round here can't throw stones!' he shouted. 'I could tell a thing or two. I know one man who enjoys his pig, by all accounts.'

There was an uneasy silence in the shattered, spiritless room.

voulait entendre le son de paroles, même les leurs. Le silence en était trop pour lui. Le silence avait des secrets. Le silence avait un pouvoir.

Le détéctive était écoeuré par l'haleine immonde de cet homme, ses joues mal-rasées, ses dents moisies et ses cheveux en loques, pourtant il se pencha sur lui.

« Personne n'a parlé de sexe, » dit le détéctive.

La voix du détéctive le fît penser à la couleur et la substance de celle de sa mère, quand elle le mettait au lit. *Si elle était là maintenant*, il pensa, *elle leur foutrait des claques.*

« Faire des cochonneries ce n'est pas forcément sexuel, » dit-il au visage du détective. Il entendit le tremblement de sa propre voix, sentit ses yeux s'agrandir. Il avait des images terribles en tête, tellement vives qu'il se demandait comment le détective et le policier ne pouvaient pas les voir aussi.

« Il te faut une femme, » dit le policier.

« Mais aucune femme ne viendrait ici, maintenant, n'est-ce pas, » dit le détéctive. « Aucune femme ne s'approcherait de toi ! »

Ils avaient tort, bien sûr, mais il ne dit rien. A moitié tort et à moitié raison. Une devinette. Il se souvenait de la courbe d'une hanche, la fermeture des yeux, la chaleur de l'entre-jambes. Les choses qui le faisaient aboyer comme un chien, le son de la piéce, un son de tonnerre, brisant, enragé, autour d'eux. Il voulait leur dire. Il voulait dire : *J'étais foutu comme un cheval.*

Mais ils le laissèrent. Ils le laissèrent sans dire un mot. Il se sentit bizarrement déçu. Il sentit, aussi, l'épaisse éruption dans ses pantalons. Il ferma la porte, enleva ses pantalons, se mit à genoux, et se mit à se masturber dans l'air sale et maigre de la pièce. Il aboya une fois, comme un chien.

He wanted the sound of speech, even theirs. But silence was more than he could bear. Silence held secrets. Silence was power.

The detective, sickened by the man's foul breath, by his unshaved cheeks, his rotting teeth and ragged-arsed hair, nevertheless leaned over him.

'No one mentioned sex,' the detective said.

The detective's voice was the colour and texture of his mother's, putting him to bed. *If she was here now,* he thought, *she'd beat them out of it.*

'Putting yourself in a pig's not sex,' he said into the detective's face. He heard the quivering in his own voice, felt his eyes widen. There were terrifying images in his head so vivid that he wondered how the detective and the local policeman could not see them also.

'You need a woman,' the policeman said.

'But no woman would come here, now, would she?' the detective said. 'No woman would come anywhere near you!'

They were wrong, of course, but he was saying nothing. Half-right and half-wrong. A riddle. He remembered the curve of flesh on a hip-bone, the closing of a pair of eyes, the heat from between the legs. The things that made him bark like a dog, the sound of the room breaking and thundering and raging round them. He wanted to tell them. He wanted to say: *I was big as a horse!*

But they left him. They left him without saying another word. He felt strangely disappointed. He felt, too, the thick eruption in his trousers. All that talk! He watched them go over the blown grasses. He closed the door, took his trousers off, knelt down, and tugged himself off into the thin filthy air of the room. And he barked once, just like a dog.

20

Le Major prit sa place. Le froid dans l'arrière-salle de 'Maher's pub' était accentué par les expressions sévères des hommes et des femmes dans les anciennes photos encadrées sur les murs. Dans un coin, ily avait un piano que personne ne jouait jamais. Une odeur d'eau de javel trainait dans l'air.

Manny était secrétaire. Elle entra brusquement, comme une jeune-fille. Le Major crut qu'elle lui avait sourit et fut alarmé. Petit à petit, le conseil municipal du village s'assembla. Certains membres savaient qu'ils étaient détestés; ils venaient d'un autre monde, des étrangers, avec des accents bizarres.

Le Major tapota la table légèrement de ses doigts. Les membres prenaient leur temps, passant des commandes au bar, sans aucun respect pour président ou procédure. Irrité comme d'habitude, le Major garda ses opinions pour lui. Manny prit du thé sans lait, sans sucre. Elle sentait légèrement le fumier.

« En tant que président . . . » se mit à dire le Major, en essayant de faire un peu d'ordre.

Les boissons arrivèrent tout de même. Il regarda son assemblée; pourquoi ils l'avaient élu président lui passait par dessus la tête. *Ils aiment être gouvernés par un accent anglais*, il s'était dit un jour; ou alors il l'avait écrit dans une lettre à quelqu'un. *C'est étrange.*

Il surveillait les membres du conseil. Une femme d'une laideur presque divine, la trésorière, était assise à l'autre bout de la table. Ses enfants, deux garçons, assis à côté d'elle, lui tiraient dessus. « La ferme!» dirait-elle, même s'ils ne disaient rien. Elle

20

The Major took his seat. The chill of the backroom of Maher's pub was augmented by the severe expressions of the men and women in the ancient framed photographs on the walls. In one corner was a piano no one ever played. The smell of toilet cleaner was thick in the air.

Manny was Secretary. She came in, flouncing like a young girl. The Major thought she smiled at him and was alarmed. By turns, the Village Council gathered. Some members knew themselves despised; they were from an outer world, strangers, with strange accents.

The Major drummed his fingers lightly on the table. Members wasted time, putting in orders for drink, no respect for the Chairman or for procedure. Irritated as always, the Major kept his counsel. Manny took tea, unmilked, unsugared. She smelled lightly of manure.

'As Chairman . . .' the Major began to say, trying to bring order.

The drinks came down from the bar nonetheless. He looked over his Council; why they'd elected him Chairman was more than he could fathom. *They enjoy being ruled by an English accent,* he told himself once: or had he put it in a letter to someone. *It is peculiar.*

He surveyed the members. A woman of almost divine ugliness, the Treasurer, sat at the end of the table. Her children sat beside her. Two of them, boys, tugging at her. 'Shut up!' she would say, even though they uttered not a word. The woman took the

vint à l'attention du Major; elle ne possédait pas de cou visible, et était formidablement obèse. Ses jambes étaient courtes et ses cuisses immenses,comme deux jambons emballés dans de ridicules collants rouges. Elle avait le visage et les épaules d'un homme; ses épaules auraient été à leur place dans une mêlée de rugby. *Je suis si peu charitable*, le Major se réprimanda. Mais la femme l'avait toujours fasciné. Son visage carré, pas tant ridé que sillonné. Elle avait un froncement des sourcils constant. Elle regardait le monde avec une mine renfrognée. Elle supportait toutes sortes de causes; elle faisait la quête, quel que soit le temps, 'Sauvegardez ceci, nourrissez ceux-la'. *Un psychiâtre se serait bien amusé*, pensa le Major. La femme le fâchait. Il ne voyait pas souvent de beauté, mais il se souvenait à quoi ça ressemblait. Il trouvait la laideur des êtres humains presque physiquement détestable. L'homme médiéval en lui voyait laideur comme un symptôme d'une sorte de maladie. Le symptôme d'une personne impie. Hélas, il allait falloir parler à cette femme tôt ou tard.

Il soupira. Les pieds des chaises raclaient par terre.

Il y avait aussi l'affreuse Ecossaise qui était professeur de flûte, le réparateur de toîts en chaume, qui était allemand. Et puis il y avait l'institutrice anglaise à la retraite qui détestait les Irlandais mais pour qui l'Angleterre était – comme le souvenir de la beauté pour le Major – un souvenir d'un ton sépia. Il y avait la jeune-fille, ou du moins elle semblait jeune, qui souriait sous sa frange de cheveux roux. Elle avait deux enfants de deux pères différents, l'un d'eux actuellement en prison, et elle habitait dans une vieille caravane. *Des rats*, pensa le Major; *quand il pleut, je les vois*. Pourtant quand il regardait la jeune-fille ce n'était pas de la pitié qu'il ressentait, mais encore de la colère. Quel gachis d'une vie!

Il cogna la table de sa main ouverte.

Il se sentait ennuyé et fatigué tout d'un coup. Il y en avait d'autres à la table desquels il ne pensait rien du tout. Les minutes passèrent. On parla d'argent, de choses diverses. Les pensées du Major dérivèrent. Il pensa au confort d'un bon whiskey, la radio allumée et la pluie battante à la fenêtre. Quelqu'un demanda la

Major's idle attention; she possessed no neck that he could see and was formidably over-weight. Her legs were short and the thighs immense, like hams wrapped in their ludicrous red tights. She had the face and shoulders of a man; her shoulders belonged in a rugby scrum. *I am so uncharitable,* the Major scolded himself. But the woman always fascinated him. Her face, a fleshy square, was not so much lined as grooved. There was a frown above her eyes always. She scowled at the world. She supported worthy causes, the Major knew; out in all weathers, collecting for "Save This" and "Feed That". *A psychologist would have a field-day*, the Major mused.

The woman made the Major angry. He did not often see beauty but he remembered what it looked like. He found ugliness in humans almost physically detestable. The mediaeval man in him perceived ugliness as a symptom of disease. Even a symptom of Godlessness. Alas, he would have to speak to this woman at some stage.

He sighed. Chairlegs scraped.

Here was the ghastly thin Scottish woman who taught the flute; here, the thatcher, who was German. Here, the retired English schoolteacher who detested the Irish but for whom England was – like the Major's memory of beauty – a sepia-toned memory.

There, the young girl, at least she looked young and girlish, who smiled out of her red-haired fringe, who had two children by two different men, one of them currently in jail, and who lived in a battered caravan. *Rats*, thought the Major, *in wet weather, I've seen them.* Yet when he looked at the girl he felt, not pity, but anger again. *The waste of a life!*

He thumped his open hand on the table.

He felt dull and fatigued suddenly. There were others at the table about whom he thought nothing at all.

Minutes were read, approved, monies talked about. The Major drifted, thought of a good whiskey and the radio on and comforting rain at the window.

'Through the Chair,' a voice said.

parole. Le Major leva les yeux. John Barton. *En voilà du bon sens, et un gars d'ici avec ça.*

« Oui, John, » dit le Major aimablement.

« Nous allons annuler l'hommage à Patsy Joe ce weekend, » dit John Barton. Son élégance allait avec son standing.

« Ah oui, bien sûr, » dit Manny.

« J'imagine que oui, » dit le Major.

John Barton regarda autour de lui. Les têtes bougeaient de haut en bas. John avait ses racines, comme tous les Barton, dans la terre sous le village. Il était stupidement beau, comme une paire de chaussures élégantes qui auraient besoin d'être cirées.

Je me fais vieux, pensa le Major. Puis, prenant charge, il dit : « Je ne pense pas que ce soit approprié, et je ne pense pas que Patsy Joe se sentirait à l'aise, vu la situation courante. »

Personne, le Major avait remarqué, n'avait fait allusion au sujet du père de la jeune fille.

« Patsy comprendra, » quelqu'un dit.

« Il ne s'attend à rien de toute façon, » dit quelqu'un d'autre.

« Non, on le fera mieux quand les policiers seront partis et le village sera redevenu normal, » dit encore quelqu'un d'autre.

« Je crois que nous devrions offrir nos condoléances au père de la jeune fille. »

C'était Manny qui avait parlé. Pendant un moment le Major crut entendre un rire dans la rue au-dehors; comme s'ils avaient entendu à travers les murs, et trouvaient la remarque de Manny vraiment drôle. Il attendit, conscient du fait qu'il attendait qu'il se passe quelque chose. Le conseil ne respirait plus.

La jeune-fille aux cheveux roux, ses yeux grand ouverts, dit : « Puis-je proposer quelque-chose ? »

« Oh oui, » dit tout le monde. « Oh oui, s'il te plait. »

« Je propose qu'on se cotise pour lui acheter une couronne, » dit la jeune fille.

Ils la regardèrent tous d'une telle façon, qu'elle faillit se mettre à pleurer.

Manny dit : « Pourquoi sommes-nous tellement embarrassés ? »

The Major looked up. John Barton. *Well there was a bit of sense, and a local to boot*, thought the Major.

'Yes, John,' said the Major amiably.

'We'll be cancelling the tribute to Patsy Joe this weekend,' said John Barton. His handsomeness went with his social status.

'Oh, yes, of course,' Manny said.

'I should imagine so,' said the Major.

John Barton looked around. Heads nodded. John was rooted, like all the Bartons, in the very soil beneath the village. He was stupidly handsome, like a pair of elegant shoes that needed polishing.

The Major thought: *I'm getting old*. Then he said, taking charge, 'I don't think it would be in order, nor do I believe that Patsy Joe would feel comfortable, if we went ahead . . . in the present situation.'

No one, the Major noticed, mentioned anything about respect for the girl's father.

'Patsy'd understand,' someone said.

'He's not expecting anything anyways,' said someone else.

'No, we'll do it proper when the police have gone and there's some sort of normal in the place,' said someone else.

'I think that we should be respecting the girl's father.'

It was Manny who spoke. For a moment the Major believed he could hear someone laughing out in the street; as if, hearing through walls, they thought Manny's remark the height of wit. He waited, aware he was waiting, for something to happen. The Council held its breath.

The young red-haired girl said, her eyes jumping widely, 'Can I propose something?'

'Oh yes,' everyone said, with relief. 'Oh yes please.'

'I propose we put some money together and get a wreath for her father,' said the girl.

The way they looked at her, she almost wept.

Manny said, 'Why are we embarrassed?'

The Major wouldn't have thought *embarrassed* was quite the right word, but he knew what she was getting at.

Le Major n'aurait pas pensé qu'*embarrassés* était le mot juste, mais il savait de quoi elle parlait.

Manny regarda autour d'elle d'un air provocant. Puis elle sourit et secoua la tête. « Ah! Maintenant on ne dit plus rien! »

« Ce n'est pas cela, » dit la trésorière, en rapprochant ses deux garçons de ses cuisses énormes.

« C'est quoi alors? » quelqu'un dit.

« Nous avons une motion à la table, » dit le Major, en essayant désespérément de ne pas perdre le contrôle. « Allons-nous voter? »

« Prends moi s'en une si tu montes au bar, » quelqu'un dit à quelqu'un d'autre. Une chaise grinça. Un homme se leva, un homme gris, avec une courbure grise.

« Allons, allons, » dit le Major. « De l'ordre! Asseyez-vous s'il vous plaît. »

Mais ils se levèrent, tous, ne laissant plus que Manny, la fille aux cheveux roux et aux yeux tristes et le Major, assis là, se regardant.

« Personne ne savait, » dit Manny. « Personne ne voyait. Les fourgons à gaz passaient dans les rues, personne ne voyait. Les voisins disparaissaient, personne ne voyait. »

Le Major se demanda de quoi elle parlait. Manny, des fois, disait n'importe quoi.

Manny looked around her, defiantly. Then she smiled and shook her head. 'Ah! Now we say nothing!'

'It's not that,' said the Treasurer, pulling her boys closer to her huge thighs.

'What is it, then?' someone said.

'We have a motion on the table,' said the Major, desperate not to lose control. 'Shall we put it to the vote?'

'Get me one if you're going up to the bar,' someone said to someone else. A chair leg creaked. A man stood up, a grey man, with a grey stoop.

'Really, now,' said the Major. 'This is out of order. I would ask that we all sit down.'

But they rose, all of them, leaving Manny and the sad-eyed red-haired girl and the Major looking at each other.

'No one knew,' said Manny. 'No one saw. As the gas-vans rolled in the streets, no one saw. As neighbours vanished, no one saw.'

The Major wondered what she was talking about. Sometimes Manny spoke in riddles.

21

Les ruines de l'église médiévale de St Naoise dormaient sous l'herbe épaisse et les arbres monotones. Détruite et délabrée telle une dent cassée, elle était là, parmi les pierres tombales bancales et indéchiffrables; et les fûts de bière métalliques, jetés là pour rouiller; et d'étranges planches en bois. Elle était seule.

De temps en temps, le conseil municipal décidait de faire quelque-chose pour la nettoyer. L'idée serait aussitôt oubliée. Le vieux Monsieur Maher ne voulait pas voir les gens se balladant dans son bar pour accéder à la vieille église à l'arrière. Les vieux murs démolis et le seul vitrail mélancolique étaient suffisament visibles des chambres à l'étage de l'école de filles. Il était amusant de voir par dessus les toits du village en pente. Ça avait un goût de péché. Les filles, fières rougissantes et prêtes è faire la cour, iraient s'aventurer dans les broussailles griffantes et sauvages.

D'autres filles les regarderaient des chambres du dortoir à l'étage de l'école grise entourée d'arbres, les avant-toits noircis de corbeaux qui tournaient aussi dans le ciel autour du village et de la baie poussant leurs cris horribles.

Le détéctive avait fait de son mieux pour ne déranger personne. Une jolie institutrice, timide, son visage démaquillé et ses cheveux noirs, lui dit de derrière ses choquants yeux bleus que vraiment il ne la dérangeait pas; elle était bien contente de pouvoir prendre une petite pause.

Une bonne-soeur le regardait furieusement.

21

The ruins of the mediaeval church of St Naoise rested under thick grass and monotonous trees. Destroyed and ragged as a broken tooth, it sat sadly among its leaning, indecipherable headstones; and clots of silver beer-barrels, thrown away to rust; and strange planks of wood. It was alone.

Sometimes the Council decided that something should be done to clean it up. The idea would soon be forgotten. Old Mr Maher did not want anyone traipsing through his pub to get out the back to a ruined church.

The fallen walls, the single, mournful stone window, could be viewed well enough from the upper rooms of the girls' secondary school. It was exciting to peer over the sloping roofs of the village. It tasted of sin. Girls went stumbling through the savage and clawing undergrowth, full of themselves, flushed, ready for courting.

And other girls watched them from the dormitory at the top of the grey, tree-wrapped school, the eaves loud with black, black crows and the horrible noise they made and then their circling in mad packs above the village and the bay.

The detective had done his best not to upset anyone. A very attractive lay teacher, shy under her unmade-up face and black hair, told him from behind her shocking-blue eyes that he wasn't disturbing anyone; she was glad of a break.

A nun looked him over furiously.

« Ne vous en faites pas pour elle, » lui dit l'institutrice.

Le détéctive, intimidé par le bois patiné des couloirs, sentit dans ses narines l'odeur de jeunes femmes, leur parfum primordial. Il se souvint alors des couloirs de sa jeunesse. Il entendit le bavardage excité de jeunes filles adolescentes dans une des salles de classe, l'institutrice n'étant pas là. *Tout est une aventure à cet âge-là*, pensa-t-il. *Rien n'est sans-valeur.*

La jolie institutrice s'arrêta devant la porte de la classe bruyante. Son visage prit l'expression sévère appropriée. Ses petites mains se battirent ensemble. Le détéctive aurait tant voulu être plus jeune, avec le charme, le courage qu'il aurait fallu pour sortir avec elle ; *on se serait ballade près du port les soirs d'été*, se dit le détéctive, *le soleil se couchant et la lune se levant.*

« Avez-vous une pièce de libre ? » lui demanda-t-il.

« Selon le règlement, je dois être présente, » dit la jolie institutrice.

« Naturellement, » dit le détéctive. Il se permit un sourire.

Mais elle était partie, dans son monde, parmi les odeurs de sueur de jeunes filles, leur vigoureuse exitation hormonale ; elle les domptait avec de petits mots magiques.

Assis à une table dans une petite pièce vide et tiède, la jolie institutrice entre deux filles effrayées à l'autre bout ; il voulait lui proposer de sortir boire un coup. Un Christ crucifié, laid, pendait au mur. Il ressentit l'angoisse des jeunes filles. Sans leur institutrice à côté d'elles, elles étaient sans défense contre le monde, loin de chez elles.

Le détéctive, avec le plus de charme possible, parla à leurs visages boutonneux :

« Je vous dis tout de suite, il ne vous arrivera rien. Vous n'avez fait aucun mal. »

Il sourit. Toutes les deux lui retournèrent le sourire, et rougirent.

« Juste quelques questions à propos de l'autre soir, » dit l'institutrice.

'Don't mind her,' the teacher said.

The detective, self-conscious in the polished brownwood shine of the corridors, held to his nostrils the distant tang of young women, their primal pungence. He recalled the school corridors of his youth. He heard the excited chatter of teenage girls in a classroom without their teacher. *Everything is an adventure at this age,* he thought. *Nothing is worthless.*

The attractive teacher stopped at the door of her noisy classroom. Her face assumed the appropriate strict expression. She clapped her small hands. The detective wished he were a younger man, with the charm it would take, the fearlessness, to go out with her. *We'd walk by the harbour on summer evenings,* the detective told himself, *under the sinking sun and the rising moon.*

'Do you have a room no one's using?' he asked her.

'It's rules that I'll have to be present,' the attractive teacher said.

'Of course,' said the detective. He permitted himself a smile.

But she was gone now, into her world, among the sweat smells of the young girls, their vigorous hormonal excitement; taming them with short magic words.

Seated at a small table in a posterless, warm room, the attractive teacher between the two frightened girls on the side opposite to him; he wanted to ask her out for a drink. An ugly Crucified Christ leaned down from the wall. He felt the girls' anxiety. Without their teacher beside them, they had no defence against the world, far from home.

The detective said, as charmingly as he could, to their pimpled faces: 'I must say that you are not in any trouble of any kind. You have done absolutely nothing wrong.'

He smiled. They smiled back, both of them, and blushed.

'Just a few questions about the other evening,' said the teacher.

'That's all, that's it in a nutshell,' said the detective.

One of the girls had the makings of subtle beauty; the other

« Oui voilà, c'est tout, » dit le détéctive.

Une des filles avait en elle le potentiel d'une subtile beauté; l'autre ne réussirait jamais, elle serait toujours banale, toujours avide d'amour. Déja, toutes les deux avaient une certaine notion de leur futur. La future beauté, confiante, parla la première, attrapant délibérément le regard du détective.

« Bon, j'irai la première, » dit-elle.

Non, se dit le détéctive, *pas toi ma chérie*. Il se tourna, se déchirant de son regard, vers la fille banale.

« Qu'as-tu donc vu? Prends ton temps, » dit-il. Il sentit l'autre fille prendre du recul, n'étant plus, momentanément, le centre d'attention à qui que se soit. Sa fierté, pensa le détective, lui rappellerait des choses qu'elle aurait autrement oublié.

« Tout ce que j'ai vu, » dit la fille banale, d'une petite voix également banale, « c'était lui, sortant. Il était là quelques instants . . . puis elle est venue le rejoindre. »

« Et ceci quand tu étais au dortoir? » demanda le détective. Il la vit, cette fille, pleine d'enfants, son mari au 'pub'. Plus qu'un peu de temps, et le monde lui passerait par dessus.

« On n'a pas le droit de regarder par les fenêtres, » lança la future beauté.

Comme tu as besoin que le monde te voie, t'entende! pensa le détective en lui souriant. *Comme tu es dangereuse, même maintenant!*

« Personne ne dira rien, » lui rassura doucement la jolie institutrice.

Le détective remarqua qu'elle n'avait pas d'anneau au doigt. « As-tu vu la même chose? » demanda-t-il.

La jeune fille le regarda, recherchant encore ses yeux; à la pêche avec de gros hameçons. « On pouvait voir partout, » dit-elle.

« On l'a vu lui, et elle, plus tard, » dit l'autre.

« On l'a reconnu, » dit la bientôt-jolie fille.

La fille banale rigola.

« Parce que vous vous aventurez où vous n'avez strictement pas le droit, » dit la jolie institutrice, en croisant une jambe en collant noir par dessus l'autre.

would always fail, always be plain, always grasping for love. Already they each had a certain vague knowledge of their futures. The future beauty was confident and spoke first, catching, deliberately, the detective's eye.

'Well, I'll go first,' she said.

No, the detective said to himself, *you won't, my darling.* He turned, with a tearing away from her eyes, to the plain girl.

'What, now, did you see? Take your time,' he said. He sensed the other girl withdraw, no longer, for however briefly, the centre of anyone's attention. Her pride would make her remember things, he thought, which she might otherwise have forgotten.

'All I saw,' said the plain girl in a small plain voice. 'Was him coming out and standing there and . . . she coming up to him a while after.'

'And this was while you were up in your dormitory?' asked the detective. He saw her, this girl, full with children, her husband in the pub. Not long now, and the world would have its way.

'We're not supposed to be looking out of the windows,' the future beauty interjected.

How much you need the world to look upon you, to hear you! the detective thought as he smiled at her. *How dangerous you are even now!*

'No one's going to mention that,' assured the attractive teacher quietly.

The detective noticed no wedding ring on her finger. 'Did you see the same?' he asked.

The young girl looked at him, tried for his eyes again; fishing, with large hooks. 'We could see over all over the place,' she said.

'We both saw him. And her, later,' said the other.

'We recognised him,' said the soon-to-be-beautiful girl.

The plain girl giggled.

'Because you sneak into places you are strictly forbidden from,' said the attractive teacher, as she crossed one black-stockinged leg over another.

Yes, I'm looking, the detective thought, feeling ever so slightly resentful, for no reason he could think of. He drew himself up,

Oui, je regarde, pensa le détective, se sentant légérement rancunier, sans raison particulière. Il se redressa, puis se pencha en arrière dans sa chaise, d'un air défiant. Soudainement, il s'était rendu compte de la proximité suffocante des filles, de l'institutrice, le somnolant quoi-que-ce-soit de leur féminité. Il craignait que quelque-chose ne commence à se réveiller dans ses pantalons. Choquant, choquant, et les filles le verraient et Dieu ne sait quoi . . .

« Les-aviez vous vu ensemble avant? » demanda-t-il aux deux jeunes filles.

Elles se regardèrent. La fille banale parla, « Tout le monde au village le savait. »

« C'était bien connu alors? » dit le détective.

La beauté bourgeonnante rigola, lança la tête en arrière, et dit, « Bien connu! *Merde* oui! »

La jolie institutrice se leva de sa chaise. « Mon Dieu! Quel langage! » dit-elle en essayant d'être choquée. « Tu vas demander pardon au détéctive et venir me voir immédiatement après les cours! »

Les deux filles ricanaient. Quelque chose avait éclaté pour le détective, appellez ça une petite bulle d'innocence. Beauté avait une sale bouche; le sourire lépreux, le sourire mort. Il révisa les suppositions qu'il avait eues auparavant; il vit que la suffocante jeune-fille, la beauté naissante, deviendrait inquiète et triste. Il la vit à son age à lui , seule. La fille laide, grosse et heureuse, gronderait ses enfants d'un air joueur et, le samedi soir, après avoir bû un coup ou deux, monterait sur son gros mari.

« Ce sera tout, » dit le détective. Il se leva.

« Ce sera tout, les filles, » dit l'institutrice.

Les filles se levèrent. Le détective et l'institutrice les regardèrent descendre le couloir, têtes basses.

« Un affreux spectacle d'impolitesse, » dit l'institutrice.

« Les adolescents sont comme ça, » dit le détective. « Ils sont anxieux. » Il s'éloigna.

L'institutrice le suivit. « Ca a pû vous aider? » demanda-t-elle.

Ça avait l'air de vraiment la concerner. « Une sorte de confirmation, » repondit le détective avec précaution.

sat back in his chair defiantly. Suddenly he had become aware of the almost stifling proximity of the girls, the teacher, the slumbering something-or-other of their femaleness. He feared the onset of a fidgety arousal in his trousers. Shocking, shocking, and the girls would see it and God knows what . . .

'Had you seen them together before?' he asked both girls at once.

The girls looked at one another. The plain girl spoke up, 'It was all over the village about them.'

'Common knowledge, then?' said the detective.

The budding beauty laughed, threw back her head, said, 'Yes, that would be right! Common as *shite!*'

The attractive teacher stood up from her chair. 'My God! Such language!' she said, trying hard to be shocked. 'You will apologise to the detective and see me immediately after class!'

The two girls were the worse for giggling. Something had burst for the detective, call it a small bubble of innocence, if you will. Beauty had a foul mouth; the leprous grin, the death's head smile. He revised his earlier assumptions; he saw the sultry young woman the being-born beauty would become, and her fretting and sorrow. He saw her at his age, alone. The unpretty girl, fat and happy, would scold her children playfully and, when a little Saturday-night-tipsy, would be on top of her fat husband.

'That will be all,' said the detective. He stood up.

'That will be all, girls,' said the teacher.

The girls stood up. The detective and the teacher stood watching the two girls, heads bowed, go down the bright corridor.

'That was an appalling show of bad manners,' said the teacher.

'It's what teenagers do,' said the detective. 'They're insecure.' He moved away.

The teacher followed him. 'Has it been of any help?' she asked.

He thought she sounded quite genuinely concerned. 'A confirmation, of sorts,' the detective replied carefully.

Quelques pas de plus, et ils ne se dirent rien. Ils arrivèrent devant une affreuse statue en plâtre de la Vierge, debout sur le ballon du monde. Autour de ses pieds en plâtre, de vraies fleurs, fanées.

« Personne ne l'aimait, et c'est triste, » dit-il.

« C'était à cause de ce que disaient les gens, » dit l'institutrice.

« Quel genre de choses, exactement ? » dit le détective. Il sourît.

A travers une haute fenêtre, une rayon de soleil doré remplit le couloir. Une fleur squelettique tomba des pieds de la Vierge et atterrit sur le parquet ciré avec le son d'un chuchotement.

For a few paces more, nothing from either of them. They came to a hideous plaster statue of the Virgin standing on the ball of the world. Around her plaster feet, withered, real flowers.

'No one liked her, and that's very sad,' he said.

'It's the things people said,' said the teacher.

'What things, now, exactly?' said the detective. He smiled.

Through a high window a beam of bright golden sun poured into corridor. A skeletal flower rolled off the feet of the Virgin and fell to the gleamingly polished floor with a whispery sound.

22

Je me souviens de la neige, légère comme de la soie sur les rochers; de la neige en Avril, comme le dit la chanson. Et la lumière autour de nous, comme si Dieu allait apparaître, ou un miracle prendre place. Nous remontions le chemin, passant les crucifixes et leurs Christs travailleurs. Je n'oublierai jamais ce jour. Je marche dans ce jour tous les jours de ma vie.

En dessous de nous, les eaux du port brillaient comme le bouclier de St.Michel; les toits du village oscillaient dans la grande rue, bleus et gris et bruns. Les bateaux se berçaient dans le port comme de petits jouets sur le genou d'un enfant.

Nos visages étaient mouillés, le tien se tourna vers moi, prit la lumière, tu étais un ange ce jour-là. Il te prit par la main, tu te retournas vers lui et tu lui sourit. Ses cheveux noirs avaient l'air huilés, et brillaient aussi.

J'avais ri, vous regardant monter, monter, et moi vous suivant comme un invité à un mariage qui ne serait pas le bienvenu. Vous-êtes-vous payé ma tête? Ce n'est pas grave maintenant. Ce n'était peut-être pas grave ce jour là non plus. J'aurais dû vous laisser, même peut-être être heureux pour vous deux. Mais j'étais venu à t'aimer, Dieu me pardonne. Avec tout ce qu'était en moi, au-dedans et au-dehors, mon coeur, mon âme, mon esprit, chaque pensée, chaque rêve. Je ne le haïssais pas, lui, je me haïssais moi-même pour ne pas être lui. Toujours en montant, je vous ai permis de marcher devant moi. Plein de politesse jusqu'au bout.

Enfin, peut-être pas jusqu'au bout.

Pendant que l'autre brûlait en bas, au village, des miles et des

22

I remember snow, light as silk on the rocks; April snow, as the tune says. And light all around us, as if God were about to reveal Himself, or a miracle take place. We walked upwards, angled to the slope of the path, past the crucifixes and their labouring Christs. I can never forget that day. I walk in that day each day of my life.

Below us, the waters of the harbour gleamed like St Michael's shield; the roofs of the village swayed down the main street, blue and grey and brown. Boats rocked in the harbour like toys on a child's lap.

Our faces were wet, yours turned to me, took the light, you were an angel on that day. He took your hand, you turned your face away from me and smiled at him. His bird-black hair looked oiled and it, too, shone.

I laughed, watched you both go up, up, following like an unwanted guest at a wedding. Did you make jokes about me? What does it matter now. Perhaps it didn't even matter then. I should have let things be, even been glad for you both. But I had come to love you, God help me. With every part of me, within and without, my heart, soul, mind, every thought and dream. I did not hate him, but hated myself for not being him. Up we went, I allowed you to walk ahead. Full of politeness to the end.

Well, not quite to the end.

While that other one burned below in the village, miles and miles below us, brooded and lusted into his drink. He still lived in the laws that ran like a current under the village and which were as old as the mountain. You should have been his.

miles en dessous de nous, couvant et convoitant dans son verre. Il habitait encore sous les règles qui passaient tel un courant sous le village et qui étaient aussi vieilles que la montagne. Tu aurais dû être pour lui. Et tu le serais. Comme nous le savons tous; comme je le sais d'une façon hideuse. Et la main noire de la luxure et de la propriété griffait encore plus loin que ça.

Mais pas ce jour là. De petits buissons avares étaient accrochés à la façade de la montagne, l'air était pur, clair et froid. Nos voix nous parraissaient légères et pas tout à fait vraies – pas tout à fait les nôtres – pendant que nous montions toujours; le port et le village et les champs avec leurs motifs rocheux, s'étandant à des kilomètres et des kilomètres, jusqu'au bout du monde, devinrent de plus en plus loingtains.

Son autreté me fâchait. Je ne pouvais le traduire au quoi et au pourquoi de moi-même. La montagne nous absorbait, elle lui prêtait une beauté et, puis-je dire, une virilité, que je ne pourrais jamais avoir. J'avais entendu dire les vieilles femmes que la montagne transformait les gens, et voilà que c'était devant moi. Etait-ce cela qu'elles témoignaient quand elles s'éveillaient de leur sommeil? Lui, toi, tous les deux étaient transfigurés.

Plus que mortelle, montant vers des états que je ne pourrais jamais approcher, tu marchais devant moi, chaque petite gorgée de brume t'illuminant, te consumant avec de fantastiques coloris; pendant un moment, son visage se mit à se dissoudre, à devenir la couleur du ciel bleu. Comme je devais sembler noir en comparaison.

Ou peut-être que j'étais déja devenu invisible. Imagine ça! Tant de merveilles sortant de la peau de la montagne! Comme si vous êtiez tous les deux rentrés chez vous! Les îles se levaient à l'horizon, sortaient de l'eau comme des bêtes mythiques pour vous saluer! Et nous devînmes, pour tout ce que nous savons, l'inscrit illuminé sur la peau de la montagne, sauf que moi, j'étais un point noir, une tache d'encre, une erreur, et vous, de fantastiques créatures écrivant les lettres de vous-mêmes, l'Alpha et l'Oméga de vous-mêmes et de toutes autres choses.

Assis, nous regardâmes du haut de la montagne, dans la mince

And you would be. As we all know; as I most hideously know. And the black hand of lust and ownership clawed even beyond that.

But not on that day. Small greedy bushes clung to the mountain's face, the air was pure, clear and cold. Our voices felt weightless and not quite real – not quite ours – as we clumped ever upwards; the harbour and the village and all the patterned stony fields for miles around, to the very edge of the world, grew fainter and fainter.

His otherness offended me. I could not translate it into the what and why of myself. As the mountain absorbed us, it lent him a handsomeness and, should I say, a manliness, that I could never possess. I had heard from old women that the mountain transformed people, and here it was in front of me. Is this what they witnessed when they woke from their sleep? He, you, both of you, were transfigured.

More than mortal, ascending into states which I would never realise, you walked ahead of me, every clinging sip of mist illuminating you, consuming you in fantastic colours; for one moment, his face began to dissolve, become the colour of the blue, clear sky. How black I must have looked by comparison!

Or perhaps I had already become invisible. Imagine it! So much wonder rising from the skin of the mountain! As if you both had come home! The islands rose out of the horizon, came out of the water like mythical beasts to praise you! And we all became, for all we know, the illuminated script on the mountain's hide, though I was a black dot, a full stop, a drip from the quill, an error, and you and he were fantastical creatures spelling out the letters of yourselves, the Alpha and Omega of yourselves and of all things.

We sat, looked down from the top of the mountain, under the thin shadow of the rock which is also an altar, its pagan devils driven out, they believe, by the rough hewn cross on its fat, grey face. I know better. I understand very well that nothing is ever driven out. We leaned against the rock and I swear I felt its pulsing and throbbing, as if it were a protruding vein of the

ombre du rocher qui servait aussi d'autel, ses démons chassés, on croyait, par la croix accidentée sur sa large façade. J'en sais plus, moi. Je comprends très bien que l'on ne peut jamais chasser quoi que ce soit. Nous nous sommes adossés au rocher et je jure que j'ai ressenti une pulsation régulière, comme si la roche était une veine sortant de la montagne, et la montagne – comme les vieux m'avaient dit quand je suis arrivé ici, même si j'avais ri, me croyant plus malin – était vivante.

J'avais déballé des sandwiches. On avait bu du thé dans un Thermos. En dessous de nous, il suçait son verre, sa sale bouche enragée, rage, qui était le mot dont il se servait pour décrire l'amour.

Et j'ai ressenti quelque chose monter en moi du fond de la montagne, venir en moi par les pulsations du rocher; la pulsation prit un rythme, le rythme prit une voix : jette-toi dans le vide, la voix se moquait, les anges viendront à ton secours. Jette-toi dans le vide.

Alors je l'ai fait.

mountain, and the mountain – as the old people have told me, told me when I first came here, though I scoffed, safe against their pishrogues and fancies, as I thought – were alive.

I unpacked sandwiches. We drank tea from a flask. Down below us, he sucked on his drink, his filthy mouth frothing with rage, which was his word for love.

And I felt something rise into me from the mountain, pulse into me from the anointed rock; the pulse took on a rhythm, the rhythm took on a voice: *Throw yourself down,* the voice mocked, *and angels will come to lift you up. Throw yourself down.*

And so I did.

23

De petites affiches photocopiées annonçaient l'hommage à Patsy Joe. Elles étaient accrochées au murs en bois à 'Maher's pub'. Quelqu'un avait mis des petits autocollants timides par dessus sur lesquels on lisait : *Annullé*.

Certains disaient que c'était dommage, pour la personne la plus agée du village de ne pas avoir sa soirée d'hommage.

D'autres disaient, « Il sait bien . . . c'est à cause de la fille, qu'elle repose en paix. On le fera un autre jour. »

Honorer la plus vieille personne du village était une bonne chose. Cela apportait une agréable sensation d'avoir achevé quelque chose. Personne ne voulait que ce soit annulé. Mais c'est la vie, tout le monde était d'accord. « On ne sait jamais la date ni l'heure, » ils disaient.

Il y aurait eû des chansons, de la musique et un gâteau. Patsy Joe aurait partagé ses histoires et ses vieilles ballades. Il aurait guéri le village, comme sont censés le faire les poêtes. Ses histoires et ses chansons n'étaient pas simplement des histoires et des chansons. Ce serait pour un autre jour.

Les musiciens s'assemblaient chez 'Maher's' pour jouer. C'était leur soirée pour jouer. Personne ne jouait aux fléchettes. De jeunes hommes bruyants étaient penchés dans la lumière jaunâtre au dessus de la table de billard et il y avait le choc soudain de boule contre boule et un cri. Mais ils avaient toujours été là, leurs conversation à mi-homme, leur timidité choquante, leur acnée et

23

Small photocopied posters announced the tribute to Patsy Joe. They clung defiantly to the wooden walling of Maher's pub. Someone had pasted a shy *Cancelled* sticker over them.

Some said it was a shame for the oldest person in the village not to have his tribute evening.

Others said, 'He knows the score . . . it's because of the girl, God rest her. We'll do it for him another day.'

To honour the oldest person in the village was a good thing. There was a gratifying sense of achievement about it. No one wanted it not to happen. But that was life, everyone agreed.

'You never know the day nor the hour,' they said.

There would have been singing and music and a cake. Patsy Joe would have shared his stories and old ballads. He would have healed the village, as poets were supposed to do. His stories and songs were not just stories and songs. Another day, though.

Musicians gathered in Maher's to play. It was their night to play. The dart board was silent. Young loud men leaned into the yellowing light above the pool table and there was the sudden knock of ball against ball and a shout. But they had been there forever, their loud half-man talk, their shocking shyness, their acne and wet, lagerish eyes. Cigarette smoke blew through the arc of light slowly, in a ballet.

The musicians didn't know what to do. They were aware of events greater than themselves, of taboos that could not be

leurs yeux bièreux et mouillés. La fumée de cigarette traversait l'arc de lumière lentement, comme dans un ballet.

Les musiciens ne savaient pas quoi faire. Ils étaient conscients d'événements plus importants qu'eux, de tabous qui ne pouvaient pas être détruits. Conscients des morts. Ainsi, quand ils entrèrent dans le bar calme, un par un, ils avaient pour seul accueil, une atmosphère gênante.

La femme écossaise et misérablement maigre assembla les tronçons de sa flûte, mais n'osait pas porter l'instrument à ses lèvres, mêmes pour voir si il était bien accordé. La futilité de l'instrument était accentué par ses mains osseuses.

Le guitariste, buvant de tout coeur, sortit sa guitare de son étui en plastique, l'accorda avec une attention éxagérée comme s'il voulait suffoquer chaque note. Puis posa l'instrument sur ses genoux, posa ses bras dessus et ne dit rien. Il était barbu, d'âge moyen, avec des cheveux gris et sauvages. Un menuisier de profession. Dans sa Suisse natale, il avait eu une histoire d'amour qui avait mal tourné.

Le violoniste était un gars du coin. Il grognait en guise que bavardage, puis, se demanda haut et fort ce qu'ils devraient faire. Ce n'était pas qu'il voulait qu'on lui dise qu'ils avaient le droit de jouer. Mais il croyait en certaines formalités qui devraient être réspéctées. Fermier célibataire, il habitait derrière la montagne, dans les terres, et se croyait plus sophistiqué que ceux qui habitaient face à la mer, avec leurs histoires d'esprits-phoques et ce genre de chose. Il était bien bati et grand et chauve avec des épaules larges. Les femmes, il y a des années, l'observaient devant l'église après la messe. Et leurs pensées envers lui avaient été parmi les péchés véniels qu'elles auraient confessé dans l'intimité du confessionnal.

Le joueur d'accordéon était le réparateur de toits en chaume allemand. Il gardait sa boîte à boutons sur ses genoux, les fermetures toujours en place, et se fredonnait un petit air. Il fredonnait parce que quelque chose en lui lui disait, que s'il fredonnait assez longtemps, de la musique se mettrait à sortir des instruments autour de lui pour voir qui était en train de

broken. Of the dead. So, as each came in behind the other, one by one into the quiet bar, there was nothing to greet them but awkwardness.

The miserably thin Scottish woman put the sections of her flute together, but could not put the instrument to her lips, not even to test its tuning. The flute's uselessness was emphasised in her bony hands.

The guitarist drank heartily, took the guitar out of its plastic case, tuned the strings with exaggerated care, as if he wished to stifle any note in them. Then he rested the instrument across his lap, his arms resting on its top in turn, and said nothing. He was a bearded man of middle-age with grey, wild hair. A carpenter by trade. In his native Switzerland, he'd had a bad love affair.

The fiddle-player was a local man. He made grunts for small talk, then, wondered out loud what they should do. It was not that he wanted to be told it was all right to play. But he believed in certain formalities being observed. A bachelor farmer, he lived behind the mountain, on the other side, inland, and thought of himself as more sophisticated than those who lived facing the sea, with their stories of seal people and the like. He was sturdy and tall and bald and wide-shouldered. Women, years ago, had watched him outside the church after Mass. And their thoughts of him had been among the silly sins they'd confessed in the intimacy of the confessional.

The accordion-player was the German thatcher. He kept his button-box on his knees, the straps still in place, and hummed to himself. He hummed because he thought, somewhere in a deep part of him, that if he hummed long enough music would come out of the instruments around him to see who was humming. Sometimes he talked in German to Manny, but she preferred to speak English; Manny like to leave Germany far away.

Manny came in, and the frightened red-haired girl whom no one really knew anything about. Manny looked around before she sat down.

'No music?' she asked.

The fiddle-player said, 'We're in a quandary.'

fredonner. De temps en temps il parlait à Manny en allemand, mais elle préférait parler anglais; Manny aimait laisser l'Allemagne au loin.

Manny entra, et la fille aux cheveux roux, à propos de qui, personne ne savait grand-chose. Manny regarda autour d'elle avant de s'asseoir. « Pas de musique? » demanda-t-elle.

Le violoniste lui dit, « On a un petit dilemme. »

Le réparateur de toits dit, « Je sais pas. »

« De toute manière, on est là, » dit le guitariste, n'aidant en rien.

Manny dit, « Bon, je vais prendre un verre. »

La fille aux cheveux roux dit, avec un ton aussi aigu qu'un sifflet, « Peut-être que ce ne serait pas approprié, c'est pour ça? »

Un nuage se leva de par dessus la table, des pieds bougèrent. Maintenant quelqu'un avait nommé ce qui n'allait pas : « Donne un nom au diable, et il ne pourra pas t'atteindre », était un des proverbes à Patsy Joe.

« Moi, je ne vois pas comment un petit morceau pourrait faire de mal, » dit le violoniste. « Un peu de musique n'a jamais fait de mal à personne. »

Nerveusement, le réparateur de toits Allemand ajouta, « Je suppose que tu as raison. »

Mais personne ne fit rien. Quand Manny vint s'assoir, un tabouret ou deux avaient été bougés pour lui faire place. La fille aux cheveux roux, qui buvait une limonade, avait déclaré qu'elle préférait rester debout. Quand le jeune barman arriva pour prendre la relève, ils étaient toujours là, toujours silencieux, leur instruments autour d'eux comme des cadeaux superflus.

La maigre flûtiste leva ses tristes yeux gris, et prit une petite gorgée de sa boisson, ne regardant rien, se concentrant plus sur le son que sur l'image. Elle se sentait atristée par des évènements qui ne s'étaient jamais produits. Quand elle voyait des hommes âgés tout seuls, elle pleurait : elle aurait voulu des enfants.

Le jeune barman remonta ses manches, le bar se remplissait, mais les musiciens étaient toujours silencieux.

« Il commence à se faire tard, » dit le violoniste. Il pensait au

The thatcher said, 'I don't know.'

'We're here, anyway,' the guitarist said, unhelpfully.

Manny said, 'Well, I'm getting a drink.'

The red-haired girl said, in tones as high as a tin-whistle, 'Maybe it wouldn't be right, is that it?'

A cloud lifted from over the table, and feet shuffled. Now someone had put a name to what was wrong with them: "When you named the devil, he couldn't get at you", was one of Patsy Joe's sayings.

'Myself, I don't see how a tune would hurt,' said the fiddler. 'Music never hurt anybody.'

Nervously, the German thatcher added, 'I suppose that's true.'

But no one did anything. When Manny sat down, a stool or two was moved to make room for her. The red-haired girl, who was sipping lemonade, said she preferred to stand.

When the young barman came in for his shift, they were still there, still silent, their instruments around them like unwanted gifts.

The thin flute-player raised her sad, grey eyes and sipped her drink, looking at nothing, more the sound than the image of him. She felt sad for things that had not happened. When she saw very old men on their own, she cried: she'd wanted children.

The young barman rolled his sleeves up. The bar was filling, but still the musicians were silent.

'Getting late, now,' said the fiddler. He was thinking of the bicycle ride home. And the bad spirit in a village where a girl had been murdered. 'I think we should play a tune,' he said. 'To liven ourselves up.'

The young journalist came into the bar. His dream-mad mind had imagined to himself Mary McGuinn and he buying a drink for her. He looked around him, saw Manny and nodded.

'You still have an eye for young men,' said the fiddler, winking.

'He's a newspaper writer,' said Manny.

They all looked at him.

'Like flies round cow-shite,' said the fiddler.

chemin qu'il devait parcourir en vélo pour rentrer. Et au mauvais esprit dans un village où une jeune-fille avait été assassinée. « On devrait vraiment jouer un morceau, » dit-il. « Pour se remonter le moral. »

Le jeune journaliste entra dans le bar. Son esprit fou-rêveur s'était imaginé Mary McGuinn, et lui, lui payant un verre. Il regarda autour de lui, vit Manny, et lui fit signe de la tête.

« Tu as toujours l'oeil pour repérer un beau jeune-homme, » dit le violoniste, en clignant de l'oeil.

« C'est un écrivain du journal, » dit Manny.

Ils le regardaient tous.

« Comme des mouches-à-merde ceux-là, » dit le violoniste.

« Qu'est ce que tu veux dire ? » dit le réparateur Allemand, en faisant la grimace. Il n'avait jamais entendu l'expression.

Manny expliqua, passant contre son gré en allemand. Cela lui faisait des drôles de choses à la langue, dansant des danses bizarres et déconcertantes sur son coeur.

« Ah, » dit le réparateur, en expirant le mot très lentement.

Mais toujours, ils ne jouaient pas. Ils étaient là, assis, leurs instruments devant eux et personne ne leur demanda de jouer et ils ne jouèrent pas. Jusqu'à temps qu'il soit très tard, et les jeunes à la table de billard avaient rangé leurs queues et il était l'heure de rentrer. Ils rangèrent leurs instruments, desquels aucun son ne s'était produit, et sortirent dans la nuit.

'How do you mean?' said the German thatcher, frowning. He had not heard the expression before.

Manny explained, breaking against her will into German. It did funny things on her tongue, danced odd and disturbing jigs on her heart.

'Ah,' said the thatcher, breathing the word out very slowly.

Still they would not play. They sat with their instruments in front of them and no one asked them to play and they did not play. Until it was very late and the young men at the pool-table had put up their cues and it was time to go home. Then they packed away their instruments, from which no music had sprung at all. And went out into the night.

24

Quelque chose s'était produit. Quelque chose de la couleur d'une mauvaise pensée, ou de la pluie. Guido vit, dans les regards des gens, qu'il avait en tête la connaissance d'une chose terrible. Personne ne voulait la voir sortir par ses yeux noirs. Ou les yeux de ses enfants. Ou ceux de sa femme irlandaise. Guido avait été sali. Il avait la couleur de ce qu'il avait vu. C'était la couleur de la plaie ou d'une calamité.

Quand sa femme, petite avec sa timide gentillesse, entra à l'épicerie Barton, les clients s'arrêtèrent de bavarder et la regardèrent.

« Bonjour, » ils disaient, d'une voix plus basse qu'avant.

« Bonjour, » répondait-elle, comme toujours, de bonne humeur. Ils s'écartaient de son chemin, comme si elle portait quelque chose dont les spores mortels étaient transmis au toucher.

Guido faisait briller son camion. Un soleil faible tombait de la montagne, roulant comme un brouillard tiède. Les oiseaux planaient au-dessus de lui dans les soudains courants d'air chaud. Il avait vu les musiciens, ses amis, sortant de 'Maher's pub' comme des condamnés. Ils étaient passés devant son camion, avec son assortiment d'odeurs de friture, sans même le regarder. Il en avait fait part à sa femme, ce soir là en rentrant.

« C'est très bizarre, » dit Guido.

Elle lui massa les épaules. Elle n'avait aucune explication. Elle n'avait pas voulu habiter un endroit comme celui-ci, où il n'y avait pas de cinémas, pas de théâtres, pas de grands magasins. Mais à l'époque, elle n'avait pas voulu atténuer l'entousiasme de

24

Something had happened. Something the colour of a bad thought, or rain.

Guido saw, in the looks of people he knew, that he carried the knowledge of a terrible thing in his head. No one wanted to see it peeping out through his dark eyes. Or the eyes of his children. Or those of his Irish wife. Guido had been tainted. He was the colour of what he'd seen. It was the colour of plague or calamity.

When his wife, carrying her smallness with a certain friendly timidity, walked into Barton's shop, customers already there stopped talking and looked at her. 'Good morning,' they'd say. In a lower register than before. 'Good morning,' Guido's wife would reply. Chirpy as ever. They'd make way for her, as if she carried something whose deadly spore was transmitted by touch.

Guido polished his van. A weak sun fell down from the mountain, rolled down like a warm fog. Seabirds hauled themselves over him in draughts of sudden warmed air. He'd watched the musicians, his friends, walking out of Maher's like people condemned. They'd passed his humming van, with its netful of frying smells, and hadn't given him as much as a glance. He'd come home in the early hours and told his wife.

'It is very mysterious,' Guido said.

She rubbed his shoulders. She had no explanations. She hadn't wanted to live in a place like this in the first place, where there were no cinemas, theatres, decent shops. But she had not wished to blunt her husband's enthusiasm at the time. And he had given her beautiful children in place of shops, theatres, all the rest, and

son mari. Et puis il lui avait donné deux merveilleux enfants, en place de magasins, de théâtres, tout le reste, de cafés où l'on pouvait acheter du café de toutes sortes d'arômes différents, où le bois était brun et les fenêtres des vitraux colorés.

Chez 'Barton's', elle ressentit le poids de ce que portait son mari retomber, comme une maladie fatale, sur ses épaules. Elle acheta du beurre, des oeufs et du dentifrice et se retourna. Tous la regardaient. Même la ravissante Mary Barton – maintenant McGuinn – qu'elle avait cru être différente des autres.

Elle continua à faire ses courses. Ils étaient embarrassés, elle le voyait. Ils ne savaient pas ce qui leur avait pris. Ce n'était comme rien d'autre qu'ils auraient vécu. Dans leur embarras, ils renversaient les gens innocents comme elle et son mari Guido.

Les enfants à Guido lui dirent, « Papa, à l'école quelqu'un m'a dit que j'étais sale.» Et, « Papa, est-ce que c'est vrai que je peux faire mourir les gens?»

Guido lava son camion, le faible soleil reflété dans les bulles savonneuses. Le camion brillait. Il prît quelques pas en arrière et l'admira. Rouillé mais *propre*.

cafés where coffee came in different flavours and the wood was brown and the windows were stained glass.

In Barton's, she felt the weight of what her husband carried fall lightly, like a creeping terminal illness, on her shoulders. She bought butter and eggs and toothpaste and turned round. They were all looking at her. Even pregnant lovely Mary Barton – now McGuinn – whom she thought was in some way different.

She went on about her shopping. They were embarrassed, she saw. They didn't know what ailed them. It was like nothing they'd ever experienced. In their awkwardness, they knocked over things in innocent people like herself and Guido.

Guido's children said, 'Daddy, at school someone said I was dirty.' And, 'Daddy, can I make people die?'

Guido washed his van, the weak sun hurling in the soapy globes. The van gleamed. He stood out on the road and admired it. Rusty, but *clean*.

25

Quand il se souvenait d'elle, ce n'était pas comme un souvenir. C'était plus comme des diapositives projetées lentement, une par une. Son visage lui venait, puis repartait. Des fois hurlant en silence. Des fois souriant. Mais la plupart du temps avec une expression d'incompréhension, comme si elle voyait quelque chose d'impossible, défiant toute évidence.

Ceci, il le savait, était son visage quand il la battait.

Elle ne protestait pas, vers la fin. Elle était malade, de toute façon, trop faible pour protester. Pour lui, sa maladie la rendait laide. Il détestait sa présence malade dans la pièce. Et la façon dont elle savait à quel point il la détestait; ce regard, comme un mouton regardant à travers un trou dans la haie. Et la façon avec laquelle elle disait à sa fille 'viens t'asseoir avec moi', ce qui le mettait en colère, comme si ça le concernait. Et bien sûr que ça le concernait.

La fille était douce et agréable à regarder. Empoisonnée dans les os, elle n'avait pas la carrure que sa mère aurait souhaité, mais mélangée avec le poison, une fragile beauté. Il voyait que la fille le savait. La façon dont elle se recroquevillait. La façon dont sa mère lui disait 'allons, allons, assieds toi près de moi.'

Puis la femme qui avait un jour été la sienne devînt une vieille bique, une sorcière, maudite. Tordue, douloureuse, gémissante et de temps en temps vomissante – mon dieu! l'odeur! – elle était devenue une chose dégoutante de laquelle il fallait prendre du recul, et quand les sombres vers logés dans son ventre le grattaient et le démangeaient, le seul soulagement était de la

25

When he remembered her at all, it wasn't like memory. It was like a slow, badly conducted slide-show. Her face came and went. Sometimes it screamed silently. Sometimes it smiled. But most of the time it held an expression of incomprehension, as if looking at something which could not be understood, which defied evidence.

This, he knew, was when he was beating her.

She never protested, towards the end. She was ill, in any case, too weak to protest. Her being ill made her ugly to him. He detested her sick presence in the room. And the way she'd know how much he detested her; that look, like a sheep through a gap in a hedge. And the way she'd tell her daughter "Sit with me". Which angered something in him, as if it had something to do with him. Which it had, of course.

The girl was soft and lovely to look at. Poisoned in the bone, she'd not been as thick as her mother'd have liked, but mixed in with the poison, like another sap rising altogether, a fragile beauty. He saw the girl knew it was there. The way she'd huddle. The way her mother'd say, "There, there. Sit with me".

Then the woman he'd once known as his wife turned into a crone. A witch-woman, something cursed. Bent over, aching and moaning and now and then vomiting – Christ! The smell! – She was something to recoil from, even as the dark worms coiled in his gut itched and scratched – the only relief from them to beat her. It was like beating a sick dog. She who once he'd pined for, loved, if there was such a word, waited and waited to come to

battre. C'était comme battre un chien malade. Elle, qu'un jour il avait désiré, aimé, s'il y avait un tel mot, attendu, attendu qu'elle vînt à lui. Et quand elle était venue, ce n'était pas ce à quoi il s'attendait. Pas du tout, en fait.

Il l'avait prise, ne sachant pas l'autre chose jusqu'a ce qu'il soit trop tard.

La première bastonnade, comme elle avait crié. Mais personne n'avait rien entendu. Le son ne portait pas par dessus l'herbe, les graviers et les rochers autour de la maison. Au village, ils pouvaient dire 'elle est encore tombée' s'ils le voulaient, ça lui était égal, sa colère l'avait mis à part. Ils n'était plus maintenant de leur monde.

Le confort! De n'être plus de ce monde! De ne plus se soucier!

Rond comme un ballon, il avait craché, donné des coups de pied, des coups de poing. Son visage à elle, avait pris toutes les expressions d'un cauchemar. D'une manière ou d'une autre, l'enfant fût née. Non seulement sans tache, mais douée.

C'était cette autre beauté. Les gens venaient à la porte, regardaient l'enfant. Ils disaient qu'elle les avait guéris, du mal de ventre, des gaz, de l'arthrite. Ils y croyaient.

« Dieu vous a béni avec cette enfant, » ils lui disaient, sans oser voir ce qu'était devenu de sa femme. Pas de cadeaux pour elle.

« Oui, oui, en effet, » dirait-il, en prenant leur argent quand la fille le refusait.

Puis un jour il vit que dieu lui avait fait un autre genre de cadeau. Maintenant, dans les ruines de son coeur et de son esprit, qui se manifestaient dans les ruines de la maison, il pissait, chiait et vomissait, dormait à peine – car on ne pouvait appeler ce cauchemar gluant du sommeil – trouvait un confort plus foncé.

En trouvant un rat, il le tua, riant, ivre, la bête, estopiée sous ses coups avec tout juste la force de lever la queue, assommée contre le mur. Oh, comme un homme pouvait se distraire!

Puis l'horreur lui reviendrait. Toute les horreurs, glorieuses, comme une résurrection.

him. And when she had, it was not what he'd expected. Not at all, in fact.

He'd taken her, not finding out the other thing until it was too late.

That first beating, how she'd screamed. But no one heard anything. No sound carried over the grasses and gravel and rocks from the cottage. In the village they could say 'She's had another fall', all they wanted, for all he cared. His anger had set him apart. He was no longer in their world.

The comfort of it! To be out of that world! Not to care!

Round as a ball, he'd kicked, punched, spat. Her face had assumed all the expressions of nightmare. Somehow the child was born. Not only unblemished, but gifted.

It was that other beauty. People came to the door, looked at the child. Said she'd cured them, of bellyaches, gallstones, wind, arthritis. Believed it.

'God has given you a great gift,' they'd tell him, not daring to look at what had become of his wife. No gifts for her.

'He has. He has,' he'd say. Taking their money when the girl refused it.

Then one day he'd looked and God had given him quite another sort of gift.

In the ruin of his heart and mind, which made itself manifest in the ruin of the house he now pissed, shat and threw up in, – he hardly slept – you couldn't call that syrupy hot nightmare *sleep* – he found black comfort.

As he found a rat and slaughtered it, laughing, drunk, as the thing became crippled under his blows and weak enough to lift by the tail and brain against the wall. Oh, the way a man could pass his day!

Then the horror would return. All of it, in glory, like a resurrection.

He'd weep, cry out to God even though he knew there was nothing in the rafters but rats. Loneliness filled with voices –

Il pleurerait, crierait vers Dieu, même s'il savait qu'il n'y avait rien d'autre que des rats au grenier. Solitude remplie de voix – cauchemar! Le *cailleach* le monta. L'encula! Pas de pureté ici. Pas de pureté.

Il frissonnerait, essayerait de se tenir droit. Tout ce qui était droit en lui avait pris une autre forme. Des fois, il ouvrirait la porte, et le vent et la lumière le feraient hurler et il se cognerait le visage avec les poings.

Il avait peur du détective. Il avait encore plus peur du policier du village. Ce que l'on savait au village.

Il fuma une cigarette de ses doigts marrons et sales. Il sentait son urine et sa sueur. Il ne pouvait plus sortir dans le monde maintenant. Ceci était son monde, là où il était assis, les choses qu'il voyait et entendait.

Comme il l'avait désirée! Comme elle avait l'air radieuse, descendant de la montagne. Comme une sainte ce jour là! Et lui à la porte de chez 'Maher's' la regardant, faisant semblant que ça n'avait aucune importance!

Le Français avec son bras posé légèrement sur ses épaules, lui-même ressemblait à un ange. Et Dermody, ses couilles remplies de la même luxure que n'importe quel homme, derrière eux. Comme si se tenir dans leur ombre en était trop. Comme un garçon faisant la messe, il était.

Comme elle nous tenait tous, maudits. . .

nightmare! The *cailleach* rode him. Fucked him! Not sweet, this. Not sweet.

He'd shiver, try to stand up straight. The straight way of him had been knocked into some other sort of shape. Sometimes he'd open the front door, and the wind and light would make him screech and he'd thump his face with his fists.

The detective frightened him. Frightened him more, did the big local man. Local knowledge.

He smoked a cigarette through brown, filthy fingers. He smelt his own urine and sweat. He could not go out into the world now. This was his world, where he sat, the things he saw and heard.

How he'd pined for her! How radiant she'd been coming down off the mountain. Like a saint that day! Him at the door of Maher's looking at her and pretending it didn't matter!

The Frenchman with his arm lightly on her shoulders, like a big angel himself. And Dermody, with his balls full of the same lusts as any other man, behind them. As if to stand in their shadow was too much. Like a boy serving Mass, he was.

The way she had us all cursed . . .

26.

Le major était assis dans une obscurité bien confortable. Sur son fidèle tourne-disque, le volume tout bas, jouait le concerto 'Empereur' de Beethoven, le *Rondo*. Le major lisait un livre sur Rupert Brooke, émerveillé, et ce n'aurait pas été pour la première fois, par le fait que la réputation de Brooke en tant que poète de la guerre n'avait, à sa base, qu'un seul petit jour de service actif. Sur ce, le Major réfléchit : le mythe était ce qui définissait l'homme. Il se mît à lire l'obituaire de Churchill dans le journal :

Rapidement la voix a été réduite au silence. Seuls restent les echos et la mémoire; mais ceux-ci persisteront . . .

Un coup de vent bêcha le village et fit trembler les fenêtres. De temps en temps il se baissait, sans lever les yeux de son livre, pour ramasser un verre de whiskey doré. Une douce, chaude satisfaction se posa sur lui. Il savait que ce contentement faisait souvent place à des moments de panique sombres. Alors il le savoura, pendant que ça durait. Une gorgée ou deux, et il se trouvait récitant dans sa tête :

Et la noblesse croise à nouveau notre chemin :
Et nous sommes entrés dans notre héritage.

En voila des mots raffinés, se dit le Major. Mais rien de cela n'avait autant d'importance que le fait que Brooke était mort un dimanche de Pâques. Maintenant, la fabrication des mythes

26

The Major sat in comfortable gloom. On his faithful record-player, the volume turned down, played Beethoven's "Emperor" concerto, the *Rondo*. The Major swigged from a book on Rupert Brooke, marvelling, not for the first time, how Brooke's reputation as a war poet had, as its base, only one day of feeble active service. The Major pondered this: that myth was what made men. And he read over Churchill's obituary in *The Times*:

The voice has been swiftly stilled. Only the echoes and the memory remain; but they will linger . . .

A raking wind blew up the village and shook the Major's windows. Now and then he reached down, scarcely removing his eyes from his book, to lift up a glass of golden whiskey. A soft, warm contentment came over him. He knew how often this contentment gave way to bleak panics. So he savoured it, while it lasted. A sip or two, then he found himself reciting in his head:

And Nobleness walks in out ways again;
And we have come into our heritage.

Now, there were fine words, the Major told himself. But none of this was as relevant as the fact of Brooke's dying on Easter Sunday. Now could myth-making begin in earnest. The death of youth, the resurrection of heroism, the tragic marvellous act, and so on. *Balls*, thought the Major; but necessary. The world

pouvait commencer sérieusement. La mort de la jeunesse, la résurrection de l'héroisme, l'action tragique et merveilleuse, et ainsi de suite. *Saloperies*, pensa le Major; mais nécéssaires. Le sang empoisoné en avait fait assez pour Brooke. Le reste, nous l'avons inventé.

Le Major posa son livre. Il regarda la photo de sa femme et du jeune soldat à ses côtés.

« La jeunesse est souvent laide, » dit le Major, à voix haute. Quand il était bien huilé, comme il l'était maintenant, l'envie lui venait souvent d'écrire des lettres. Mais il ne pouvait sortir de son fauteuil. Le livre refusait de lui sortir des mains, tout était bien trop confortable, le feu, le vent au-dehors. C'était un soir pour lire, et non pas écrire. Il écouterait peut-être ses cassettes de langue irlandaise, Comme ça il aurait de nouvelles phrases à essayer sur Patsy Joe, avec qui il prenait quelques leçons niveau-pub.

Non, il était devenu trop agité. Sur le rebord de la cheminée, il y avait une copie encadrée, de la taille d'une carte postale, de la proclamation du soulèvement de Pâques, en 1916. Il la regarda avec lassitude.

L'étrange sensation que sa femme, il y a longtemps, lui avait été infidèle – la sensation n'était basée sur aucune évidence, quelle qu'elle soit – l'assaillit dans son fauteuil. Il ne savait pas d'où pouvaient venir de telles pénibles pensées.

« Personne ne le saurait maintenant, de toute façon, » dit-il, encore à voix haute. Au-dehors, dans le village, le vent sortait de la mer en hurlant. Il regarda à nouveau la photo. Il devrait vraiment écrire à son fils. Il voulait, à ce moment la, descendre à 'Maher's pub' et debout, proclamer à tous : Arrêtez de m'appeler Major! Je ne suis pas un *Major*! Mais ils croiraient tous qu'il était devenu fou.

« *Cessez de sonner les clairons*, » cita le Major, à lui-même.

Le feu lui chauffait les pieds, les jambes, le verre et le whiskey à l'intérieur. Beethoven se tût. Le Major ressentit son contentement s'évaporer. Il ne savait jamais pourquoi arrivait ce genre de chose.

demanded its myths. Blood poisoning did for Brooke. *The rest we made up.*

The Major put down his book. He looked at the photograph of his wife and the young soldier standing next to her. 'Youth is often ugly,' the Major said out loud. He wanted to write letters when he was nicely tipsy, like he was now. But he couldn't get out of his chair. The book refused to leave his hand – it was all too comfortable, the warm fire, the wind outside. A night for reading, not writing. He might try his Irish language tapes. Then he'd have new phrases to try out on Patsy Joe, from whom he was taking scrappy, pub-level lessons.

No, he had become too agitated. On his mantelshelf sat a postcard-sized, framed copy of the Easter Proclamation. He looked at it wearily.

The odd feeling that his wife, long ago, had been unfaithful to him– a feeling based on no evidence whatsoever – assailed the Major in his chair. He didn't know where such troublesome thoughts came from.

'No one who'd know now, anyway,' he said, again out loud. Outside, up from the village, the wind came out of the sea in a roar. He looked again at the photograph. He really should write to his son. He wanted, in that moment, to go down to Maher's pub and stand up and tell them all: Stop calling me Major! I am not a *Major!* But they'd think he'd gone mad.

'*Blow out, you bugles,*' quoted the Major, to himself.

The fire warmed his feet, his tweedy legs, the glass with his whisky in it. Beethoven fell silent. The Major felt his contentment evaporate. He never knew why this sort of thing happened.

'I didn't come to this village looking for teenage girls to be murdered,' he said angrily. 'I came here for peace and quiet. We *both* did!'

He'd found his wife face-down in her rose-bed. The wind had rucked her skirt up around her thighs. Most unseemly. Mad with grief, they'd had to haul him off her, grown heavier in grief, like a flagstone, immense and terrible in his crying and shouting and calling her name.

« Je ne suis pas venu ici pour qu'on y assassine des jeunes filles, » dit-il, d'un ton coléreux. « Je suis venu y chercher la paix et la tranquilité. *Tous les deux,* nous sommes venus y rechercher cela! »

Il avait trouvé sa femme allongée à plat ventre dans ses rosiers. Le vent avait remonté sa jupe autour de ses collants. Malséant. Fou de douleur, ils avaient dû le retirer de sa femme morte, la peine devenant plus lourde, comme une grosse dalle, immense et terrible, avec ses larmes et ses cris appellant son nom.

Parfois ses pensées prenaient le dessus. Il se leva de son fauteuil. Trouvant son manteau, il avait presque passé le seuil de la porte avant de réaliser qu'il ne portait pas de chaussures. Il retourna les chercher. La chaleur du feu avait rendu le cuir trop chaud pour les porter.

Il se sentait ridicule, debout, avec son manteau et ses chaussettes. Le vent remonta encore la rue. Le vent, ou au moins le bruit du vent pouvait être paralysant.

« Les échardes lui avaient coupé le visage, » dit le Major à voix haute. Il resta là, debout, longtemps. Une fois ses chaussures refroidies, il descendit à 'Maher's', heureux d'avoir quelque part où aller.

Sometimes his thoughts ran away with him. He got up out of his chair. Finding his coat, he was almost out the door before he realised he wasn't wearing any shoes. He went back for them. He found the heat from the fire had made the leather almost too hot to wear.

He felt very foolish, standing in his overcoat and socks. The wind rushed up the street again. The wind, or the sound of it, could be paralysing.

'The thorns had cut her face,' the Major said out loud.

He stood there for a long time. When his shoes cooled down, he went to Maher's, glad to have somewhere else to be.

27

« Whiskey, » dit le Major, en ajoutant, « C'est très gentil, merci. » *Si le jeune-homme veut payer*, pensa le Major, *d'accord.*

Il avait ajusté les tons et les inflexions de son accent dans l'intérêt du journaliste. Une entrevue pour le journal demandait un peu de chic, un brin de jeu-de-rôle. 'Maher's' était presque vide. Un mollusque en guise d'homme, assis précairement sur un tabouret au bar, avait le regard fixe et endormi. Le Major, sachant que cet homme était anglais aussi, fît semblant de ne pas le reconnaître. Tout ce qu'il fallait, c'était croiser son regard; le Major le trouvait grossier et un mauvais exemple des Anglais en Irlande.

De temps en temps, la tête endormie, émettait un son : le mot *fack*.

Deux hommes avec un air important entrèrent dans le bar. Puis le jeune barman disparut. Pendant quelques instants, il y avait la délicieuse sensation d'être dans le bar illégalement.

Le jeune journaliste adoptait ses propres postures vocales.

Le Major se sentit bien, avoir affaire à un professionnel. Les questions vînrent lentement, avec hésitation, constituant un rythme. *C'est très bien tout ça*, se dit le Major. *Si je n'avais pas été là quand il est arrivé, il aurait été perdu.*

Le jeune homme s'était assi à côté du Major sans même hésiter. Comme s'il reconnaissait un homme décent quqnd il en voyait un.

« Ca va faire un bout de temps, maintenant, » dit le Major; puis il observa les rapides hieroglyphes en colonnes se former sur la page du jeune homme.

27

'Whiskey,' the Major said, adding, 'that's very kind of you.' *If the young man was buying,* thought the Major, *fair enough.*

He had adjusted the tones and inflexions of his accent for the journalist's benefit. Being interviewed for a newspaper called for a bit of posh, a touch of role-playing. Maher's was almost empty. A slug of a man, all head, gazed drowsily from a precarious position on a stool. The Major, knowing this man to be English too, ignored him completely. All it would take was a meeting of eyes; the Major thought him crude and a bad example of Englishness in Ireland.

Now and then the drowsing head, like a sybil, emitted a single pronouncement: the word *Fack*.

A couple of important-looking men came in. Then the young barman disappeared. For a while there was the delicious sense of being in the place illegally.

The young journalist adopted vocal postures of his own.

The Major felt good, being treated by a professional. The questions came, slow, hesitant, building a rhythm. *This is very good,* thought the Major. *If I hadn't been here when he came in, he'd have been lost.*

The young man had sat down beside the Major without the slightest hesitation. As if he recognised decency when he saw it.

'Quite a number of years, now,' said the Major; and he watched the quick shorthand hieroglyphs form down one column of the young man's page, then down another.

In response to another question, the Major replied, with a

Répondant à une autre question, le Major dit, d'une voix légèrement poivrée,

« Non, je n'ai jamais été un 'Major'. Ce sont des sottises, ils se sont inventés ça ici. C'est faux. Franchement, j'aimerais mieux qu'ils arrêtent.»

« Pourquoi?» demanda le jeune journaliste.

« Eh bien,» dit le Major, « D'une part, c'est me conférer un titre que je ne mérite pas. Deuxièmement, ça me fait sembler être une sorte d'autorité . . . ce que je veux dire c'est . . . »

Le jeune homme le regardait. *Dieu sait à quoi tu penses*, pensa le Major. *Un vieil homme gâteux se servant du mot autorité.* Il pensa, misérablement, à sa femme morte. Piquée par les rosiers.

« Je ne pense pas que les Irlandais ont besoin de faux Majors Britanniques se balladant parmis eux, et vous?» dit le Major, se retrouvant à nouveau.

Le jeune homme se dégaga la gorge. Le Major le regardait gribouiller sur sa page; qui allait lire ce qu'il venait de dire? Allait-il y avoir quelque sorte d'article dans le journal? Il se sentait étrangement héroïque. Quelque chose de chaud et d'un bon naturel avait pris racine dans sa poitrine, arrosé voluptueusement par le whiskey.

« Je veux dire,» il continua, « Nous avons fait des choses affreuses à votre pays, n'est-ce pas vrai? Cent ans d'occupation. Mon Dieu, je m'émerveille de votre énorme capacité pour nous pardonner! Comment pouvez-vous tolérer les gens comme moi, je veux dire . . . »

Le jeune journaliste le regardait. Il pensait à Mary McGuinn. Comme il voulait qu'elle soit là, à la place du Major, qui radotait. Il lui payerait un coup, elle tapoterait son ventre enflé et lui sourirait, tous deux contentés de leur enfant.

« *Fack*,» grogna la tête au bar. Elle tourna comme un phare, cherchant, lançant une lueur rouge belligérante.

Le Major se retourna soudainement, conscient d'un mystérieux changement d'air derrière lui. Il n'y avait rien, et le jeune barman n'était pas encore revenu.

« Nous avons l'endroit à nous tout seuls,» dit le Major; et tout

pinch of pepper in his voice, 'No, I was never a 'Major'. That's some nonsense they've thought up here. It's wrong. I wish they'd stop, to be frank.'

'Why?' asked the young journalist.

'Well,' said the Major. 'It's conferring me with a title I do not merit, for one thing. Secondly, it makes me out to be a figure of authority . . . What I mean is . . .'

The young man was looking at him. *God knows what you think*, the Major thought. *A stupid old man using the word authority.* He thought, miserably, of his dead wife. Pricked by the rose bushes.

'I don't think the Irish need fake British majors swanning around amongst them, do you?' said the Major, finding himself again.

The young man cleared his throat. The Major watched him scribble; who would read what he'd just said? Would there be some sort of letter to the paper? He felt oddly heroic. Something warm and good-natured had taken root in his chest, watered voluptuously by the whiskey.

'I mean,' he went on. 'We've done terrible things to your county, is that not so? Hundreds of years of occupation. My God, I wonder at your massive capacity for forgiveness! How you tolerate people like me, I mean . . .'

The young journalist was looking at him. He was thinking of Mary McGuinn, how he wished she were here and not the Major, bollocking on. He would buy her a drink, she would pat her swollen belly and smile at him, content in their child.

'*Fack*,' groaned the head at the bar. It swivelled like a lighthouse, searching, throwing out a red belligerent light.

The Major looked around suddenly, aware of an uncanny shift in the air behind him. There was nothing there, and the young barman had not returned.

'We've got the place to ourselves,' said the Major; and at once became aware of the tang of intimacy in what he'd just said. *Maybe*, thought the Major, distressed, *the lad thinks I'm queer.*

The questions came on.

de suite se rendit compte de la saveur intime de ce qu'il venait de dire. *Peut-être,* pensa le Major, en détresse, *qu'il me prend pour un pédé.*

Les questions continuèrent.

« Je ne la voyais jamais, sauf une fois ou deux, de loin, » dit le Major. « Elle était un peu jolie. Enfin pour une adolescente. Mais queque chose de timide là aussi. Son père n'était pas un homme gentil. »

« Pas un homme gentil ? » attaqua subitement le journaliste. Le Major sursauta.

Inconfortablement, le Major répondit, « Des rumeurs, tout simplement. J'en ai dit trop. Mais j'adore ce village . . . »

Le journaliste était trop futé maintenant pour laisser baratiner le Major.

« Quel genre de rumeurs ? » demanda-t-il.

Le Major souhaita être ivre. Il se voyait maintenant comme une langue fourchue, une vieille femme, la commère du village. *Toujours une mauvaise idée,* se dit-il, trop tard, *de parler à la presse.*

« Ne dites pas que c'est moi qui vous l'ai dit, » dit-il faiblement. Il ressentit déjà la piqûre des accusations retombant sur lui d'une hauteur incommensurable. Il entendit la lâcheté descendre son corps ; elle émmettait un son, comme un petit os cassant dans sa poitrine. L'euphorie qu'il ressentait quelques moments auparavant était maintenant partie. *Je suis devenu un de ces types,* se dit-il, *je suis ignoble.*

« Je ne le dirais pas, » mentit le jeune journaliste.

Le Major le regarda. Tous deux savaient, sans dire un mot, qu'un mensonge avait été prononcé. Une sorte de rituel. Puis le Major continua.

« On disait qu'il battait sévèrement sa femme, les yeux au beurre noir, ce genre de chose, » dit le Major.

Le journaliste écrivait. Le Major était en sueur. Il s'imaginait être un espion, assis dans un bureau sombre, à Whitehall, des hommes en costars chics autour de lui avec des accents aussi coupe-verre que les carafes desquelles, de temps à autre, ils

'Never saw her, but once or twice at a distance,' the Major said. 'She was a bit of a looker. Well, for a teenager. But something shy there, also. Her father was not a nice man.'

'Not a nice man?' The young journalist pounced. The Major flinched.

Uncomfortably, the Major replied, 'Only rumours, mind. I've said too much. But I love this village . . .'

The young journalist was too cute to allow the Major to ramble now. 'What sort of rumours?' he asked.

The Major wished he was drunk. He saw himself now as a devious sneak, an old woman of a man, the village gossip. *Wrong,* he told himself, too late, *ever to speak to the Press.*

'Don't quote me,' he said feebly. He felt, unreasoningly, the chill prick of libel writs landing from flights of immeasurable distance. He heard the cowardice drag something down inside him; it made a noise, like a small bone breaking in his chest. The euphoria of a few moments ago had gone. *I've become one of those don't-quote-me types,* he told himself. *I am despicable.*

'I won't,' lied the young journalist.

The Major looked at him, they both acknowledged without a word that a lie had been spoken. A ritual, of sorts. Then the Major got on with it.

'He was said to have beaten his wife severely, black eyes, that sort of thing,' said the Major.

Scribble-scribble, went the young journalist. The Major was sweating. He imagined himself a spy, seated in some dim wooden office deep in Whitehall, smart bespoke suits moving around him in accents as cut-glass as the decanters from which, now and then, they'd refill his tumbler. *Names,* someone was saying, *just a few names. Old chap.*

Was he spilling the village's official secrets? It was a sad sort of betrayal, in that case, he thought to himself. *A few whiskies, a temporary interlude to an evening's loneliness, and I'm anybody's. A sad bastard, that's me. I must look it, too. Perhaps people pity me.*

The Major pulled himself back. Some wells were too deep for

remplissaient sa serpette. *Des noms*, quelqu'un disait; *juste quelques noms, mon vieux.*

Etait-il en train de dévoiler les secrets officiels du village? *Une bien triste traîtrise, dans ce cas*, pensa-t-il. *Quelques whiskeys, un interlude temporaire à une soirée de solitude, et je suis à n'importe qui. Je dois faire pitié, bâtard que je suis.*

Le Major prit du recul. Certains puits étaient trop profonds pour un sondage aussi fortuit et la nuit était bien longue. Il se mit plus à l'aise, et regarda le visage du journaliste, un regard qui était plus que légèrement menaçant.

Le vent hurla dans le port. Le Major entendit le son des mâts des bateaux. Petites cloches de Pâques.

Le visage rouge au bar cracha bruyamment quelque chose par terre. Une porte s'ouvrit. Les deux hommes partirent – était l'un d'entre eux en uniforme? Le jeune barman avait les yeux rouges. Il fit semblant de s'interesser aux verres, leur apparence, et ce genre de chose.

Le Major et le jeune jornaliste le regardaient.

« Interessant, ça, » dit le Major très doucement.

« Pourquoi-donc? » demanda le jeune journaliste.

« Oh, pour rien, » répondit le Major. Il en avait assez dit pour une journée. Mais le journaliste avait le goût du sang, d'autant qu'il était jeune. Il pensa à Mary McGuinn, l'encourageant. Il força toutes ses frustrations pour soutenir l'effort d'interroger le Major. « Rien que de la violence? » dit-il, formant une question.

« Je suppose que de la violence n'en est pas assez pour vous! » dit le Major.

« C'était plus que de la violence, alors? » demanda le jeune journaliste.

Le Major se leva. Il avait honte de lui et il était plutôt nerveux. Il se mît à boutonner son manteau. *Comme tu as l'air chic dans ton uniforme*, sa femme lui disait. Boutonné, il pouvait la ressentir tap-tapoter sur les boutons de son vieil uniforme militaire, et il la sentait, l'odeur de savon et le parfum de femme.

« Rupert Brooke n'a vu *qu'un seul* jour d'action sanglante, »

such casual probing and the night was long. He settled himself more comfortably, looked the young journalist in the face, a look that was more than vaguely threatening.

The wind howled up from the harbour. The Major heard the tinkle of boat-tackle. Little christmassy bells.

The red face at the bar gobbed something loudly onto the floor. A door opened. The two men left – was one in uniform? The young barman had red eyes. He pretended to be interested in glasses, optics, and such.

The Major and the young journalist were looking at him.

'That's interesting,' said the Major very quietly.

'Why's that?' asked the young journalist.

'No reason,' replied the Major. He had said enough for one day.

But the journalist scented blood, young as he was. He thought of Mary McGuinn, clapping him on. He forced all of his frustration behind the effort of interrogating the Major. 'Just violence?' he said, forming a question.

'I suppose violence isn't enough in itself!' said the Major.

'There was more than violence, then?' asked the young journalist.

The Major stood up. He felt ashamed of himself and rather shaky. He began to button his jacket. *You look smart in that uniform of yours*, his wife used to tell him. All buttoned up. He could feel her light tap-tap on the buttons of his old Army uniform, and he could smell her, Sunlight soap and the odour of woman.

'Rupert Brooke saw *one* bloody day of action,' the Major said, in a burst of spittle. And he left the younger man to ponder that.

The young journalist put away his notebook and ordered another drink. He began to wonder what had brought him here. Soon they'd phone him and ask him how he was getting on. He felt like a fraud, an imposter. He left his drink untouched, when it arrived.

'Bad news?' he asked the young barman with the red eyes. He didn't care. He just thought it polite to inquire.

dit le Major, avec une éruption de postillons. Et il laissa le jeune homme peser dessus.

Le jeune journaliste rangea son cahier commanda un autre bière. Il commençait à se demander ce qui l'avait amené jusqu'ici. Bientôt, ils l'appelleront pour lui demander comment ça se passait. Il se sentait comme un imposteur. Il ne toucha pas à sa bière, quand elle arriva.

« Mauvaises nouvelles ? » il demanda au jeune barman aux yeux rouges. Il s'en foutait. Il essayait simplement d'être poli.

« *Fack*, » dit la tête au bar.

« Non, » dit le barman en partant.

Il resta là, devant sa bière. Le jeune barman alluma la radio. Ce n'était que maintenant que le journaliste remarqua l'affreux silence.

'*Fack*,' said the sybillic head.

'No,' said the barman, moving away.

He sat there in front of his untouched drink. The young barman turned on the radio. Only then did the journalist notice the appalling silence.

28

Mary McGuinn lui prépara du thé. Il était assis dans la cuisine, son bloc-notes devant lui. « Il fait meilleur dans la cuisine que dans votre chambre, » lui avait-elle dit. Alors, il était descendu.

Un petit poste de télévision baratinait dans le coin. Le vent au-dehors était bruyant et déterminé. La météo avait predit des vents forts venant de l'atlantique.

Mary se déplaçait dans la cuisine, faisant plein de petites choses importantes. Il essayait de ne pas la regarder, mais c'était difficile. Des fois elle se fredonnait un petit air. Sa présence le réconfortait. De temps en temps, son mari, passait par la pièce, le traitant comme un vieil ami – aucune menace, il ne les menaçait pas. Le jeune journaliste voulait avoir le courage de leur dire à quel point ils avaient de la chance. Ils le faisaient se sentir bizarrement modeste.

Le choc initial s'était assoupli. Il pouvait maintenant la regarder et ressentir quelque chose qui ressemblait plus à de la tendresse. Il pouvait l'effleurer; elle sourirait, le danger passé. Il considérait que l'interroger, jouer son rôle devant elle briserait toutes les règles de l'hospitalité. Il admira ses doigts minces passant sur la surface d'une fourchette, les courbes d'une cuillère, l'éclat blanc d'une tasse tirée de l'évier. Il regarda, faisant semblant de ne pas regarder, le tissu de sa jupe moulant ses cuisses. Il s'imaginait que la pièce était plus claire – le moindre objet devenant inhabituellement important – quand elle était là.

Il but son thé. La nuit hurlait et se voilait au-dehors. Mary se déplaçait avec patience infinie, de la table à l'évier, de la porte à

28

Mary McGuinn made him tea. He sat with his notebook in front of him. 'In the kitchen,' she had said, 'It's warmer in the kitchen than in your room.' And he had come down.

A small TV rapped away in a corner. The wind outside the house was loud and determined. The Weather forecast mentioned gales and high winds coming off the sea.

Mary moved about the kitchen doing many small important things. He tried not to watch her, but it was difficult. Sometimes she would hum a tune to herself. Her slightly bulging presence comforted him. Now and then her husband would come through the room, treating him like an old friend – no threat, he was no threat to them. The young journalist wished that he had the courage to tell them both, with some dramatic gesture, that they were inestimably lucky in the world. They made him feel oddly humble.

The shock of her had mellowed. He could look at her and feel something more akin to tenderness. They would brush against each other; she would smile all danger away. He considered it would be breaking all laws of hospitality to begin to question her, to fall into his role in front of her. He admired her as her thin fingers moved on the bright surface of a fork, the curves of a spoon, the white glare of a cup pulled, dripping, from the kitchen sink. He watched, pretending not to, the embrace of the fabric of her skirt on her thighs. He imagined the room was somehow brighter – the smallest object drawn into unusually clear focus – when she was moving in it.

la fenêtre. *Voilà la nature du paisible*, pensa-t-il; une ravissante femme enceinte se déplaçant dans sa propre maison.

Un léger son frénétique vint du couloir. La porte de la cuisine s'ouvrit lentement. La petite fille entra, pleurant, inquietée par le voleur de sommeil qu'était le vent. Mary se baissa, l'embrassa et lui chuchota les petits mots magiques qui calment les rêves d'une enfant.

Ceci est la chose la plus naturelle du monde, pensa le jeune journaliste, puis il posa son stylo et mis de côté son bloc-notes. Ils n'étaient pas nécessaires ici. *Je suis privilégié de pouvoir témoigner ceci*, se dit-il. *Je désire ceci*.

« Allons, » dit Mary McGuinn, portant sa fille au nez coulant. « Allons. »

Une petite faim prit forme sous le coeur du journaliste. Une cérémonie primordiale prenait place devant ses yeux, sacrée d'une façon vieille et familière; comme si un accord ou une note avait résonnée quelque-part en lui, de voir Mary McGuinn et son enfant. Il se mit à vouloir.

La petite fille regarda le jeune journaliste avec le sourire soudain de sa mère. Mary lui chuchota quelque chose à l'oreille. Tout de suite, l'enfant monta sur les genoux du journaliste, et se mit à jouer avec ses doigts. Mary se mit debout, les regardant de haut, comme si elle avait maintenant complété la tâche avec succès.

Le poids de l'enfant – gêné au début, puis effrayé, il n'avait nulle-part où mettre ses mains. Comme poussée par une impulsion naturelle, une de ses mains atterrit avec soin sur l'épaule de l'enfant. Il pouvait sentir la forme des os fragiles sous ses doigts. Ses yeux secs maintenant, la petite fille bougea et renifla et se mit à avoir une conversation avec ses doigts. Puis elle se tourna vers lui, tendant ses mains vers son visage terrifié. Il ne pouvait pas bouger; comme si l'enfant lui avait jeté un sort.

« Elle vous montre un oiseau, » Mary lui expliqua.

« 'zo, » dit l'enfant.

« Oiseau, » dit Mary. « C'est un joli oiseau. »

Il essaya de sourire, mais rien ne se passait. La terreur d'avoir

He sipped his tea. The night howled and buckled outside. Mary moved with infinite patience from table to sink, from door to window. *Such is the nature of peace,* he thought; a lovely pregnant woman moving about her own house.

There was a light, frantic sound from the hallway. The kitchen door opened slowly. In came Mary's infant daughter. Full of tears, fretting, from the sleep-stealing wind. Mary bent to her, hugged her, held her, muttering small magic things to calm a child's dreams.

This is the most natural thing in the world, thought the young journalist, and he put down his pen and put aside his notebook. They were unnecessary here. *I am privileged to see this,* he told himself. I am lonely for this.

'There, now,' said Mary McGuinn, holding her sniffling daughter. 'There, now.'

A small hunger started up just under the journalist's heart. A primal ceremony was taking place before his eyes, sacred in an old and familiar way; as if a chord or a note resonated in some deep part of him, to watch Mary McGuinn and her child. He began to want.

The little girl looked at the young journalist with her mother's sudden smile. Mary whispered something in her ear. At once the child clambered up onto his lap, settled herself down, began to play with her fingers. Mary stood up, looking down on them, as if she had completed a task successfully.

The warm, plump weight of the child in his lap – awkward at first, then frightened, he had no place to leave his hands. As if by a natural impulse, one hand alighted with infinite care upon the child's shoulder. He could feel the shape of the fragile bone under his fingers. Eyes drying now, the little girl shifted and sniffed and started having a conversation with her fingers. Then she turned sharply to him, held up her fingers to his terrified face. He could not move; as if the child had hexed him.

'She's showing you a bird,' Mary explained.

' 'dee,' said the child.

'Birdy,' said Mary. 'That's a nice birdy.'

un enfant sur ses genoux, sa main posée sur l'épaule de la gamine, lui passa à travers comme une soupe épaisse et brûlante. Les mains de la petite fille prenaient des formes fantastiques et irréelles,

« Et voila un cheval, » expliqua sa mère.

« 'val, » fît l'enfant.

« Cheval, » fît Mary McGuinn, fière.

Il bougea, l'enfant commençait à glisser vers le sol. Elle le regarda, sans comprendre son recul.

« Elle vous dérange, » dit Mary.

« Non, ce n'est pas ça du tout, » dit le jeune journaliste.

La petite fille glissa le long de ses jambes jusqu'au sol, où elle s'assît et parla avec sa menagerie imaginaire. Il resta assis, honteux, colère envers les terreurs qu'un nouveau monde plus sombre avait planté en lui. Il se souvînt de son grand-père, mort depuis longtemps, et l'odeur de tabac venant de son épaisse moustache quand le vieil homme l'embrassait contre son visage piquant; tous ses petits-enfants, se frottant le visage où sa barbe les avaient doucement brûlés. Pour le restant de sa vie, l'odeur du tabac à pipe dans une pièce l'avait toujours calmé, l'avait fait se sentir chez lui. *Nous avons perdu quelque chose de précieux*, pensa-t-il. Mais son propre malaise d'avoir un enfant sur ses genoux resta. Il se leva, essayant d'avoir l'air le plus détendu que possible. Il était fâché, aussi; contre lui-même, contre les choses en dehors de lui sur lesquelles il n'avait aucun contrôle. Contre un nouveau monde qui s'amusait à construire de nouveaux péchés.

Il remercia Mary et elle lui sourît. Dans sa chambre, il trouva les mots qui commenceraient son article :

L'innocence a quitté cet endroit . . .

He tried to smile, but nothing happened. The terror at having a small child seated upon his lap, his hand on her shoulder, ran through him like a hot, thick soup. The little girl's hands shifted and moved again into surreal, unreal shapes.

'And that's a horse,' explained her mother.

' 'see,' went the child.

'Horsey,' went Mary McGuinn, with a flourish of pride.

He moved himself, the child began to slip floor-wards and looked up at him, sensing his backing away and not understanding it.

'She's disturbing you,' said Mary.

'No, it's not that at all,' said the young journalist.

The little girl slid down his legs onto the floor, where she sat and conversed with her imaginary menagerie. He sat there, ashamed of himself, angry at the terrors a new and bleaker world had seeded in him. He remembered his grandfather, long dead, and the scent of tobacco from his thick moustaches as the old man would hug him to his gristly, bristly face; all his grandchildren, rubbing their faces where his stubble had gently burned them. For the rest of his life, the odour of pipe-tobacco in a room calmed him down, made him feel at home.

Something precious has gone out of us, he thought. But his own discomfort with the child on his lap remained. He stood up, trying to make his every move and gesture as casual as possible. He was angry, too; at himself, at things outside himself over which he had no control. At a new world which revelled in making new sin.

He thanked Mary and she smiled at him. In his room, he found the opening lines of his story:

Innocence has gone out of this place . . .

29

Une forte pluie fouettait la montagne. La pluie fouettait, et l'épaisse bruyère et les buissons sacrés battaient en retraite. De la pluie ornée de sel, brûlante sur la peau.

La mer : à des centaines de mètres plus bas. Le vent : par dessus écorchant la peau des eaux. Verte et blanche, elle gémissait et retombait sur elle-même. Des bateaux de pêche de la taille d'un ongle montaient et descendaient la houle verte.

Des hommes vêtus de manteaux battants essayaient de regrouper les moutons sur les pentes, leur toison levée par le vent en touffes maniaques de blanc sale. Le bruit des moutons était mince et triste, comme celui d'un enfant pleurant dans une maison abandonnée. On ne pouvait faire taire les moutons sous la dure pluie métallique. Surtout avec le vent, négligeant, ne considérant rien, la poussant si fort. Effrayées, ces bêtes aux yeux noirs gémissaient et leurs petits sabots noirs et fragiles cherchaient des appuis sur le sol trempé et fondu. Il n'y avait aucun abri, pas question de s'écarter du chemin que prenait le vent.

Les hommes prenaient du repos où ils le pouvaient, mais partout ils étaient mitraillés et frappés et jetés dans la cour de récré du monde par le temps brutal. Il n'y avait nulle-part où l'on pouvait être au sec ou allumer une cigarette ou une pipe. Les hommes avaient des bouts de corde ou de ficelle autour de leurs manteaux pour les garder férmés. Le monde basculait; ils basculaient comme les bateaux de pêche dans les hauts et les bas des méchants nuages et le vent et la pluie. Les nuages passaient par-dessus tête; marrons, sales, vaporeux, comme l'écharpe d'une femme abandonée dans une flaque d'eau sale; rapides et

29

Mighty rain lashed the face of the mountain. Rain with whips drove back the tough spurs of heather, the raggy holy bushes. Rain laced with salt, burning on the skin. Men in flapping, mad coats tried to huddle sheep on the slopes, the sheep-fleece tufting upwards in manic, wind-raised flashes of dirty white.

The sounds of the sheep in the rain were thin and sad, like a child crying in an abandoned house.

The sea: hundreds of feet below. The wind: over the sea, flaying the sea's skin. Green and white the sea groaned and fell upon itself. Fishing boats the size of a man's thumbnail rose and came down in the hollows of the green sea.

The sheep could not be quietened in the hard, iron rain. Not with with the push of wind so hard behind it, so thoughtless and uncaring. The frightened black-eyed animals would whine and their fragile small black hooves would skitter and scrabble in the sodden, molten earth. There was no shelter anywhere, no getting out of the wind's way.

The men rested where they could, but everywhere they were pelted and smacked and tossed around the schoolyard of the world by the bullying weather. There was nowhere to be dry or light a cigarette or a pipe. The men had ropes and string around their coats to keep them closed. The world tipped on its end; they were tipping like the fishing-boats in the ups and downs of the low vicious cloud and the wind and rain. The clouds flew over; filthy brown, filmy, like a woman's headscarf left in a puddle of dirty water; fast and evil; so low you could reach up and see your hand vanish in its smoke.

malveillants; si bas que l'on pouvait lever la main et la voir disparaître.

De temps en temps, un nuage tombait, épuisé, sur la montagne inquiète, et mer et terre disparaîssaient. Tout autour deviendrait aveugle et gris, couleur d'eau de vaisselle, trempé et accrochant avec une odeur salée.

Les hommes, pour se réchauffer, se frottaient les mains rouges jusqu'au point qu'elles soient à vif. Ils brûlaient des allumettes dessous. Quatre, çinq, six hommes – ils ne se voyaient pas tous ensemble; quand ils ouvraient les yeux, la piqure du sel les forçaient à les refermer. Ils voulaient être chez 'Maher's', près du feu avec un whiskey, la vapeur s'élevant de leurs vêtements, plus sur cette montagne trempée.

Ici et là, une bête tombait sur son dos, avec un bruit sourd et un gémissement. Et quelqu'un avait à la redresser, comme l'on redresserait un ivrogne, et la remettre sur ses pieds. Le vent, si l'on perdait appui, pouvait nous lancer pieds par-dessus-tête dans la mer, ou roulant, comme un tonneau cassé jusqu'au village en bas.

Si l'on écoutait attentivement, disaient les vieux, les jours comme celui-ci on pouvait entendre les voix des âmes perdues en mer chantant leur nom de famille.

Après tout la montagne n'était pas simplement rocher, pierre et terre; c'était un portail, une fenêtre, un bassin vivant, un coeur grandissant.

Le vent tomba avec la tombée de la nuit, et l'eau coulait en panique le long des pentes, en larmes rapides et minces qui brillaient dans le clair de lune. Les hommes descendaient doucement, doucement, avec les moutons. Ils pouvaient se voir maintenant, des ombres, mais familières. La pluie vint avec une brume timide. L'eau continuait à couler en ruisseaux, du sommet de la montagne. Le bruit de l'eau était comme celui d'une centaine de robinets que l'on aurait laissé couler.

Les hommes avaient déja vu ce genre de chose. Toutes sortes de choses mouraient sur la montagne et tombaient dedans pour en devenir partie. Cette fois c'était différent. Blanc et taché par la terre cette fois, sa courbe plus longue que d'habitude. Ils le ramassèrent et le portèrent au clair de lune, un peu de la lune maudit par elle-même. Ils le jettèrent, l'emportant avec eux sous forme d'histoire.

Now and then a cloud would fall, exhausted, upon the fretting mountain and the sea and the land would disappear. All around would be a blindness of dishwater grey, wet and clinging and smelling of salt.

The men rubbed their hands red-raw to keep them warm. They put lighted matches under them. Four, five, six men – they couldn't see each other all together; when you opened your eyes the sting of the salt made you close them again. They wanted to be in Maher's, off the wet mountain, in by the fire sucking whiskey and the steam rising off their clothes.

Here and there an animal would fall, with a fat thud and a squeal, over on its back. And someone would reach out and lift it up as you'd lift a drunk, and put it back on its feet. The wind, if you lost your step, could throw you head-over-heels into the sea, or running all the way down to the village like a broken barrel.

If you listened closely, the old people said, on days like this the lost souls at sea could be heard singing the names of their families.

The mountain was not rock and stone and earth, after all; it was a door, a window, a living pool, a growing heart.

The wind died down as night fell, and the water panicked down the face of the mountain in thin fast tears that shone in high, freezing moonlight. The men moved the sheep down, slowly, slowly, they could see each other now, shadows, but familiar. The rain came in as a shy mist. The water ran in mad streams from the very top of the mountain. The sound of the water was the sound of many taps left running.

The men had seen things like this many times. All sorts of things died on the mountain and fell into the mountain to become part of it. But for some reason this was different. White and stained with earth and time, its curve was longer than they were used to. They lifted it and held it to the light of the moon, a bit of the moon itself, moon-cursed. They threw it away, bringing it with them in the form of a story.

30

Les femmes dirent, bougeant sur leur hanches, equilibrées par leurs sacs de courses,

« Qu'est ce qu'ils voulaient, je me demande? Qu'est ce qu'ils lui voulaient?»

« Qu'est ce qu'il a fait?» dit l'une des femmes, arrivant à la délicieuse conclusion.

« Pas de fumée . . . ,» dit une autre femme.

« Il sortait avec elle,» en dit une autre, avec un sourire et un hochement de la tête.

Comme de petits masques d'émerveillement et de supposition, elles se dandinaient, jeunes et vieilles, remontant la rue, mordant le mystère qu'était tout cela. Leurs vies, auparavant vides, s'étaient remplies à ras-bord d'une infusion sucrée. Elles se sentaient nouvelles, réformées. De nouvelles passions – ou de vieilles passions oubliées – flottaient dans leurs estomacs, obèses ou minces. Chaque mot était maintenant important pour tout le monde et devait être entendu. Leur appétit – toujours une partie d'eux dont elles ne s'étaient pas aperçues – avait été satisfait.

Elles grimpaient la pente, poussées par la brise salée. Leurs sacs en plastique leur tordant sous les doigts, accrochés à leurs alliances. L'odeur d'un feu de tourbe tomba sur la rue, et, pendant un moment, elles regardèrent le ciel, par dessus les toits; puis elles se regardèrent à nouveau, têtes penchées vers un centre invisible. Rien ne pouvait comparer à leur bavardage et leurs potins. Rien ne pouvait comparer à ce qu'elles savaient.

30

The women said, moving on their hips, balanced by their shopping bags, 'What did they want, I wonder? What did they want with him?'

'What did he do?' said one woman, coming to the delicious point.

'No smoke . . ,' said another woman.

'He used to be with her,' one said, with a smile and a nod.

Small, lively masks of wonder and speculation, they waddled, young and old, up the village street, chewing on the fat mystery of it all. Their lives, once empty cups, had filled to the brim with a herb-sweet brew. They felt new, re-formed. New passions – or old ones they'd forgotten – swam and churned in their obese or slim guts, in the dry and wet channels of them. Each word was important to the world and had to be spoken. Their hunger – so much a part of them, they had not been aware of it – was satisfied.

Up the hill they went, buoyed up by the salt breeze. Their plastic bags twisted in their straining fingers. Their wedding-rings snagged the handles of the bags, maintained a grip. The smell of a smoke from a turf fire fell into the street and for a moment they looked up into the sky, over the roofs; then they looked back at each other, heads bent towards an invisible centre. Nothing like them for chat and gossip. Nothing like them for knowledge.

« Cet Italien . . . jamais fait confiance à celui-là, » en dit une.

« On ne peut être normal et trouver des cadavres, » en dit une autre.

« Non, » dirent-elles, secouant de la tête.

« En tout cas, je ne laisserai plus mes enfants près de son camion, » en dit une.

« Non, » elles se mirent d'accord. « Il a toujours été un peu, enfin . . . étranger. »

« Oui, oui, c'est vrai, » dirent-elles en coeur.

Mary McGuinn les laissa, sans la moindre honte d'être si étroite, de pouvoir chanter la même chanson que les autres sans la moindre fausse note. La plupart des femmes la connaissaient encore sous le nom de Mary Barton. Une des Bartons, ce qui voulait dire un succès garanti. Alors elles la haïssaient. Ses pas de canard gras l'emmenèrent hors de portée de leur voix.

« Drôle, celle-là, » dit une des femmes.

« Elle s'est toujours cru au-dessus des autres, » dit une autre.

Elles la regardèrent partir. La brise fit des sons tranchants et plastiques dans leurs sacs de courses; comme un enfant soufflant sur un brin d'herbe coincé entre ses pouces.

« C'est parce qu'elle a le gîte, » dit l'une d'entre-elles.

Toujours en marchant elles inclinèrent la tête.

« Pareille à l'école, elle était, » dit une autre femme.

« Elle le croyait mais elle ne l'était pas, » en dit une autre.

« C'est parce qu'elle se prend un '*báta fáda*' bien épais, » en dit encore une.

Elles hurlèrent de rire, tremblèrent, palpitèrent et se mouillèrent de rire.

« Allez, on est toutes jalouses! » dit une des femmes.

Elles hurlèrent à nouveau, s'arrêtant dans la rue pour rire.

« Oh, arrête, » fit l'une d'entre elles.

« Oh, s'il te plait, » en fit une autre.

Toutes avec le visage rouge, elles se composèrent. Près de la grotte de la Vièrge, qui était délabrée et couverte de mauvaises herbes, la peinture blanche et bleue se pelant de la statue, elles se sentirent honteuses, devinrent à nouveau des enfants.

'But that Italian bloke . . . I never liked him,' said one.

'You can't be normal to find dead bodies,' another said.

'No,' they said, shaking their heads.

'I won't let my children near his van again,' said one.

'No,' they agreed. 'He was always a bit, well, you know . . . foreign.'

'Yes, that's right,' they chorused.

Mary McGuinn left the women, not in the least bit ashamed that she could be so narrow, that she could sing the same song as the rest without a note out of place. Most of the women still knew her as Mary Barton. One of the Barton Girls. And that meant well-to-do. So they hated her. Her plump, ducklike steps took her out of earshot.

'Funny herself,' one woman said.

'Always thought she was a cut above buttermilk,' said another.

They looked after her. The breeze made sharp, slicing plastic sounds in their shopping-bags; like a child blowing on a blade of grass held between his thumbs.

'It's because she has the B and B,' said one woman.

They all nodded, walking still.

'Same in school, she was,' one woman said. 'A toff!'

'Thought she was, but she wasn't,' said another.

'It's because she's getting a good thick *báta fáda*,' said another.

They squealed with laughter, shook and pulsed and moistened with laughter.

'Go on, we're all jealous!' said one woman.

They squealed again, laughter stopping them in the street.

'Oh, stop,' said one woman.

'Oh, please,' said another.

Red faces all, they composed themselves. Near the grotto of the Virgin, which was dilapidated and overgrown with weeds, the blue-and-white paint of the statue peeling, they felt ashamed, became children again.

« Affreuses pensées, » dit l'une d'entre elles. Et elle parlait pour tout le monde. Diminuant, elles partirent toutes dans différentes directions, tirant derrière elles un étrange silence coupable.

Soudainement, tout était redevenu comme avant.

'Terrible thoughts,' one said. And she spoke for them all. Growing smaller, they walked off their different ways trailing after them an odd, guilty silence.

Suddenly, everything was the same.

31

Quand il y pensait, la peur prenait le dessus. Comme une maladie.

La façon dont ils avaient tourné autour de l'arrière pièce, qui n'avait jamais été si silencieuse, touchant de leurs doigts, les bouts et le cirage des choses. Au-dehors de l'arrière fenêtre, de dures herbes poussaient commes des os par dessus les ruines noires de l'ancienne église, l'aveugle mur cyclopéen de l'église et son vide total.

Sa peur était comme une fièvre, comme s'il était en train d'attraper quelque chose. Il ne savait pas comment il avait réussi à retourner au bar et servir les gens. Il était entré dans une transe. Ou du moins, c'était ce qu'il ressentait. Même s'ils avaient dit, « Il n'y a pas de quoi avoir peur, dis-nous juste la vérité, » ces mots, surtout, l'avaient effrayé.

Le détective n'avait pas été méchant. « Je sais que ça a du être dur pour toi, » lui avait-il dit.

« J'aurais dû venir vous parler, » avait-il dit.

Mais il ne s'imaginait pas que ç'aurait été plus facile s'il l'avait fait. Il y avait quelque chose d'inévitable dans le fait qu'ils étaient là, dans la pièce, avec lui; tout avait dérivé vers ce point, comme de l'essence dans un entonnoir. Le père Dermody lui avait suggéré d'aller leur parler, mais une suggestion venant d'un curé n'était pas comme une vraie suggestion, ayant des qualités si surréelles qu'on pouvait presque la rejeter. Pourtant, il ne s'était pas fait d'illusions. Ce qu'il savait reposait sur ses épaules comme une chemise enflammée, brûlant sur lui, le balafrant, visible à des

31

When he thought about it, he was overcome by fear. Like physical sickness.

How they'd walked around the quiet back room, which had never been so quiet before, touching their fingers off things, the ends and polish of things. Outside the room's back-facing window, hard grasses grew like new bones over the black, stone ruin of the ancient church; the blind cyclopean wall of the church and its utter emptiness.

His fear was a sort of fever, as if he were coming down with something. How he managed to walk into the bar and serve people he did not know. He was in a sort of trance. Or so it felt. Even though they had said 'You've nothing to be afraid of, just tell us the truth,' these words had frightened him most of all.

The detective had not been unkind. 'I know what you must have gone through,' he had told him.

'I should have come to you,' he had said.

But he did not imagine it would have been easier if he had done so. There was an inevitability about their being in that room with him; everything had drifted towards this point, like petrol poured down a funnel. Father Dermody had told him to go to them, but a suggestion from a priest was not like a real suggestion, it had unearthly qualities about it which made it almost dismissable. He had not, however been under any illusions. What he knew was on his shoulders like a shirt of flame, burning into him, scarring him, visible for miles. Night and day he saw the same things. Night and day her face rose up out of the earth at his feet.

kilomètres. Nuit et jour, il voyait les mêmes choses. Nuit et jour, son visage sortait du sol à ses pieds.

« Tu lui faisait la cour ? » avait demandé le détective.

Quelle vieille expression. Pourtant sympathique : une ravissante, douce expression. « Oui, » avait-il répondu, « mais pas longtemps. » Mais pour lui, ça paraissait très longtemps. D'une pleine lune à une autre. De la fin d'une chanson au début d'une autre. Toute une vie. « A peu près un mois, » avait-il dit.

Ils lui avaient fait signe de s'asseoir, penchés sur lui comme de gros corbeaux; la pièce devînt plus sombre. Le policier, qu'il connaissait, le regardait avec un terrible air féroce dans les yeux. Et de noires questions, auxquelles il était impossible de répondre. Peut-être que ce qui l'effrayait le plus à ce moment là, c'était qu'on lui pose une question pour laquelle il n'y avait pas de réponse. A la fin il devînt effrayé parce que toutes les questions étaient tellement simples qu'il pouvait répondre à toutes.

« Elle était gentille ? » avait demandé le détective.

« Oui, elle l'était, » avait-il répondu. Et il se sentait très triste.

« Etais-tu triste quand tu as entendu ce que lui est arrivé ? » avait demandé le détéctive.

« Oui, oui, je l'étais, » avait-il répondu. Il n'y avait pas de place dans sa bouche pour la tristesse qu'il avait ressenti. Il s'était imaginé que les petites routines de la vie l'auraient abrité contre une telle tristesse. Mais bien au contraire. Et tous ceux qui avaient marmonné qu'il n'arriverait rien de bon entre elle et lui auraient leur jour, buvant ses larmes pendant qu'elles se dissipaient dans l'air. Il avait pitié de lui-même. Il avait regardé la police, vêtus de combinaisons blanches, ressemblant à de grosses mouettes perchées sur les rochers, pendant que l'on examinait, photographiait et retirait le corps brisé de la fille, pas un moment de répit, ni pour son corps ni pour son coeur. Cela l'avait fâché. Il ne restait plus rien maintenant, même pas de la colère. C'était choquant.

« Vous êtes-vous disputés ce soir là, dans la rue ? » demanda le détective. En regardant le jeune barman il vît un gamin, incapable

'You were courting her?' the detective had asked.

Such an old-fashioned phrase. Yet endearing: a lovely, gentle expression.

'I was,' he had replied, 'not for long, mind.' But it had seemed a very long time, to him. From the turning of one moon and the turning of another. From the end of one song to the beginning of the next. A lifetime. 'A month or so,' he'd said.

They'd gestured for him to sit down, leaning over him like large crows; the light in the room dimmed. The local policeman, whom he knew, looked at him with a terrible ferocity in his eyes. And black, unanswerable questions. Perhaps his greatest fear in that moment was that he should be asked something for which there was no answer. In the end, he became afraid because the questions were so simple and all of them could be answered.

'Was she a nice girl?' the detective had asked.

'Yes, she was,' he had replied. And he felt very sad.

'Were you upset about what happened to her?' the detective had asked.

'Yes, yes, I was,' he'd replied. There was no room in his mouth for how upset he'd been. He had imagined that the routines of life would shelter him from great grief. But they had not. And all those who had muttered that he would come to no good with her would have their day, sipping his tears as they dissolved in the air. He felt sorry for himself. He had watched the police, draped like enormous gulls in their white overalls, perch from rock to rock as the broken body of the girl had been examined, photographed, then removed, not a moment of privacy for her body, for her heart. This had made him angry. There was so very little left now, not even anger. It was shocking.

'Did you argue that evening, outside in the street?' the detective asked. As he looked at the young barman he saw a man-child unable for the great thing that had happened to him. There was no murderer here. He was sure of that. He felt tired, leaned against the wall with its sad patterns of jaded blue flowers and its

de se faire à la chose énorme qui venait de lui arriver. Il n'y avait pas de meurtrier ici. Il en était sûr. Il se sentit fatigué, s'adossa au mur avec ses tristes motifs de fleurs bleues éreintées, et ses vieilles photos encadrées de gens morts depuis longtemps. Il se souvînt du visage de l'institutrice. Il se concentra dessus et ressentît ses forces revenir à lui.

« Oui, » dit le jeune barman. « Elle avait dit qu'on ne pouvait plus se voir. »

« Ca du t'enrager, *gamin*, » dit le policier du village.

Le détéctive regarda le policier. Dans la lumière de la pièce qui diminuait, il essayait de trouver ses yeux.

Le jeune barman, bougea, dégaga sa gorge. Il ne dît pas un mot.

« Plus de baise pour toi, » triompha le policier.

Le détéctive entendît au loin le son de l'eau descendant une pente. Il ressentît le poids de cet endroit, son essence sans profondeur; un endroit comme celui-ci pouvait rendre fou, fou de tristesse, de rien, de ne rien ressentir. Le coeur se durcit et s'émiette. Ou alors il s'ouvre comme une fleur avant d'être écrasé comme une fleur. Il se rendit compte de la fragilité de ce jeune homme, et de sa propre fragilité. Il n'y aurait jamais de paix pour le jeune homme dont la copine avait été assassinée. Jamais ne pourrait il laisser sortir le moindre soupçon qu'il l'aurait fait.

« Tu l'aimais, tu penses? » dit le détéctive.

« Beaucoup, » dit le jeune barman, tremblant devant la pensée que l'amour était un si gros mot épais dans sa bouche.

Les branches et les herbes devant la fenêtre gémirent sur les pierres cassées de l'église. C'était un long gémissement de protestation. Pendant un moment ou deux, les trois hommes dans la pièce fûrent silencieux, jusqu'au moment où la brise et l'herbe et les arbres avaient fini de parler.

« Tu ne l'as pas tuée, quand même, fiston? » dit le détéctive.

« Non, » dit le jeune barman.

« Je le sais bien, » dit le détéctive. « Mais ce soir là tu l'as suivie, n'est ce pas? »

« Oui, » dit le jeune homme, content maintenant de voir la terrible fin.

framed old photographs of the long-dead. He remembered the open face of the schoolteacher. He concentrated on her face and he felt some sort of strength returning.

'Yes,' said the young barman. 'She said she couldn't see me anymore.'

'Must have made you mad, *boy*,' said the local policeman.

The detective looked over at him. In the dimming of the room he tried to find the man's eyes.

The young barman shuffled, cleared his throat. Said not a word to that.

'No more shag for you,' triumphed the policeman.

The detective heard the far-away sound of water rushing down a hill. He felt the great weight of the place, its depthless essence; the way you could go mad in a place like this, from grief, from nothing, from feeling nothing. The heart hardened and fell away in pieces. Or it opened like a flower and was crushed like one. The young man's fragility, as well as his own, dawned on him. There would be no peace ever for the young man whose girl had been murdered. Never would the suspicion be allowed to rise from him that he had murdered her.

'Did you love her, do you think?' said the detective.

'Very much,' said the young barman, shaking at the thought of love being such a big, thick word in his mouth.

The branches and grasses outside the window moaned over the broken church stones. It was a long protesting wail. For a moment or two, the three men in the room were silent until the breeze and the grass and trees had stopped speaking.

'You didn't kill her, did you, son?' said the detective.

'No,' said the young barman.

'I know that,' said the detective. 'But you followed her that night, didn't you?'

'Yes,' the young man said, glad now because he could see the terrible end.

'Missing a shag,' said the policeman in the shadows.

The detective ignored him. He would not play with him. He thought of the schoolteacher and of the infinite gentleness of her

« Envie de baiser, » dit le policier dans l'ombre.

Le détective fit semblant de ne pas l'entendre. Il n'allait pas jouer à son petit jeu. Il pensa à l'institutrice et à l'infinie tendresse de sa bouche, son odeur, sa sueur, la légère odeur de savon parfumé et d'autre chose. Le fait qu'elle soit dans ce monde soudainement lui semblait terriblement important.

« Tu l'as rencontrée sur la plage ? » le détective avait demandé.

« Oui, » avait-il répondu. Il se souvenait d'elle, se tournant vers lui, son visage à la fois heureux et embêté. Il s'était tendu vers elle, prêt à lui montrer par les larmes combien il se sentait déserté et abandonné. Comment pouvait-elle, elle qui lui avait dit à quel point elle avait besoin de lui, le rejeter ?

Mais sa bonté lui était revenue. La mer grondait derrière elle, l'air était rempli d'une lueur verte et phosphorescente, il y avait de lointaines et froides étoiles, et ses cheveux volaient dans la brise marine. Autour d'eux, la nuit était sombre et bonne et réchauffante et les sons familiers les réconfortaient.

Puis, terriblement, l'intrusion d'un son différent. Un son, rien de plus, quelque chose de très petit ; brisant. Il s'en souvenait. La façon dont l'air était froid sur son pénis humide.

Et la façon dont elle le regardait.

Le détective attendait. La petite bête qu'était ce que savait le jeune barman était en train de se reveiller. Maintenant elle reniflait l'air.

« Nous avons fait l'amour, » dit le jeune barman.

« Ha ! » fit le policier dans l'ombre.

« Pourquoi vous êtes-vous arrêtés ? » le détective lui demanda ; sa voix soudainement douce, comme une chaleureuse couverture de bienvenue, comme du pain grillé et du thé, un soir de pluie.

Il ressentit la présence d'un ami ; ou du moins, quelqu'un qui

mouth, the smell of her, her sweat, her light overlay of scented soap and something else. That she was in the world suddenly seemed terribly important to him.

'You met her on the beach?' the detective had asked.

'Yes,' he had replied. He remembered her turning to him, delight and annoyance in her face. He had reached out to her, prepared to show her in tears how deserted and abandoned he felt. How could she, who had told him of her need of him, turn him away?

But her goodness had come back. The sea roared behind her head, the air was green with phosphorescent light, there were cold, far stars and her hair flew madly in the sea breeze. There was a good, warming dark around them and the comfort of familiar noise.

And, terribly, the intrusion of different noise. A sound, no more than that, something very small; breaking. He remembered it. The way, when he stopped, the air was cold on his moist penis.

And how she looked up at him.

The detective waited. The small animal of what the young barman knew was waking itself. Now it sniffed the air.

'We made love,' the young man said.

'Ha!' said the policeman in the shadows.

'What made you stop?' the detective had asked him; his voice suddenly furry, like a good friendly blanket of welcome, like toast and tea on a wet night.

He felt the maturing presence of a friend; at the very least, someone who knew small important things, things which mattered. In a way, the detective – he felt sure – had been trained to read minds; or to see through the lenses of people's eyes, to the red canvas at the back where truth was painted. So there was no

savait les petits détails importants, les petites choses qui avaient de l'importance. D'une manière, le détective – il était sûr – avait été entrainé pour lire les gens; ou alors pour voir à travers les yeux, la toile rouge où la vérité était peinte. Alors il n'y avait aucun interêt, il n'y avait jamais eu d'intérêt de lui mentir. Même s'il l'avait voulu. Le détective était un homme plus grand que le policier, qui ne pouvait pas lire les gens. Tout ce qu'il pouvait faire c'était cogner et cogner à la porte; le détective lui, la poussait doucement et entrait. Le policier, motivé par les affaires locales, restait dans l'ombre, une menace si peu solide qu'elle aurait pu être simplement imaginée. Le détective, lui, s'était élevé au dessus du monde – dans ce sens la, il était un peu comme le curé – et invoquait des rituels de proximité et de connaissances secrètes. Il trouvait ceci très attayant.

« Elle a prit peur, » avait-il dit au détective. « On a entendu quelque chose. »

« Ensuite, vous avez vu quelque chose, » dit le détective.
« Oui, » dit le jeune barman.
Le détéctive sortit un crayon et son bloc-notes.

La pièce était maintenant sombre. Le jeune barman voulait dormir.

point and had never been any point in trying to tell lies. Even if he'd wished to. The detective was a bigger man than the local policeman, who could not read minds. All he could do was bang and bang on the door; the detective pushed gently and walked in. Local things motivated the policeman who now kept himself in accumulating shadow, a menace so insubstantial as to be something merely imagined. The detective had risen above the earth – in this sense he was a little like the priest – and invoked rituals of closeness secret knowledge. He found this very appealing.

'She was afraid,' he'd told the detective, 'We'd heard something.'

'Then you saw something, too,' said the detective.
'Yes,' said the young barman.
The detective took out a pencil and a notebook.

The room was dark now. The young barman wanted to sleep.

32.

Dans la salle à l'étage de chez 'Maher's', Manny assemblait le groupe de poésie. La salle était exeptionnellement froide. Manny s'entoura d'une écharpe multicolore.

Le major tripotait ses pages minutieusement imprimées. « Oh, » soupira-t-il.

La très mince flûtiste était assise devant lui, ses genoux serrés ensembles. Sur ses genoux, elle tenait son calepin avec pour couverture une photo d'un dauphin avec un sourire idiot.

Les murs étaient couverts d'un vieux papier-peint morose. Une seule petite fenêtre regardait tristement la rue. D'anciennes chaises tubulaires faisaient un vacarme pendant qu'on les installait autour de Manny. Le plafond avait pris la couleur brune des années de fumée de tabac.

Une minuscule femme pleine d'allure qui voulait écrire des chansons à propos du village entra avec de grands sourires.

La fragile fille aux cheveux roux entra. Nerveusement, elle se trouva une chaise et essaya de se cacher dedans.

Comme un oiseau brisé, pensa le major. Il inspecta la pièce, les murs.

Il n'y avait personne d'autre. Le froid les troublait tous. Le froid semblait être signe qu'ils ne devraient pas être là. Manny se préoccupait d'une chemise usée, rangeant ceci et cela. Ces rassemblements, même s'ils étaient petits, l'intimidaient, même si c'était elle qui les avaient initiés. Elle ne savait jamais comment ou quand commencer. Et c'était important de ne pas laisser

32

In the upstairs room in Maher's, Manny convened the poetry club. The room was exceptionally cold. Manny wrapped herself in a multicoloured woollen scarf.

The Major fiddled with carefully typed pages. 'Oh,' sighed the Major.

The very thin flute-player was sitting in front of him, her knees tight together. On her lap was a hard-backed notebook. The cover of her notebook was a photograph of dolphin with its daft smile.

The room was papered in dull, very old wallpaper. A single small window looked out sadly on the street. Ancient tubular chairs clattered as they were drawn in a circle around Manny. The ceiling was brown with the tobacco smoke of ages.

A tiny, lively local woman who wanted to write songs about the village came in with large smiles.

The fragile red-haired girl came in. Nervously, she found a chair and tried to hide in it.

Like a broken bird, the Major thought. He inspected the room, the walls.

There was no one else. The cold made everyone uneasy. The cold seemed to be a sign that they shouldn't be there. Manny made herself busy, played with a worn file, sorted out this and that. The gatherings, however small, made her self-conscious, even though she had initiated the group. She never knew quite how or when to start. And it was important that the Major wasn't given an opening to start one of his windy and long monologues on something or other. Manny looked up.

commencer le Major, avec ses longs monologues et d'autres choses dans le genre. Manny leva les yeux.

Comme c'est tragique, pensa-t-elle : *ça ne servira jamais à rien. Personne ne nous entend. On ne s'entend même pas entre nous. On redevient des enfants ici.*

Elle savait que le reste du village n'avait aucun intérêt dans ce qu'elle faisait. Ça les amusait, peut-être, comme elle les amusait, mais c'était tout.

Ils s'interessent plus à la vie, pensa Manny; *comme peut-être le devrais-je.*

Mais cette petite session hebdomadaire était une autre façon pour elle de barrer la solitude. Et puis ça lui donnait des forces. Chaque fois qu'elle collait une annonce pour son petit groupe au mur, ou à une fenêtre, elle se sentait d'une certaine importance et ça suffisait.

De temps en temps, le petit groupe donnait une séance publique. Ils lisaient pour eux-mêmes. Ils auraient très bien pu être sur une île déserte, abandonnés, les seuls rescapés d'une race morte. Manny avait une peur qu'un jour elle serait la seule dans cette pièce, seule pendant des heures, pendant que le monde au-delà de la fenêtre funeste clignerait une dernière fois.

« Qui veut commencer?» demanda Manny. Elle leva la tête.

Le Major regarda de côté. La fille aux cheveux roux rigola nerveusement. La mince flûtiste rangea ses cheveux derrière ses oreilles. Il y avait d'étranges gravures sur les murs, Manny remarqua, comme si c'était la première fois. Des vues de Lourdes, des grottes, des saints draconiens. *La pièce est aussi froide*, pensa-t-elle, *que la foi en Dieu. Humide aussi. Je vais attraper froid ici.* Le silence du groupe l'écrasa. Puis la maigre voix de la toute petite femme trancha l'air froid :

« Eh bien moi j'ai préparé un petit quelque chose,» dit la femme.

Tout le monde se détendit immédiatement, remuant sur leurs chaises.

« Oui, vas-y,» pressa Manny.

« Chouette,» dit le Major. Il s'endormait. Pendant un bout de

How tragic, she thought, *how ridiculous all of this is. Nothing can ever come of it. No one hears us. We do not hear each other. We become children here.*

She knew that the rest of the village hadn't the least interest in what she was doing. Amused by it, perhaps, as they were amused by her, but that was all.

They care more for real life, Manny thought, *as perhaps I should.*

But the weekly session of the group was another way she had of keeping out loneliness. And it gave her an odd strength. Each time she cellotaped a poster onto a wall or window advertising her little group, she felt important. That was enough.

Now and then the little group gave a public reading. They read to themselves. They may as well have been alone on a lonely island, stranded, the last of a dead race. Manny felt a dread that one evening she would come into this room alone and sit alone for hours, while the world beyond that baleful window blinked out for the last time.

'Who will start?' Manny said. She raised her head.

The Major looked away. The red-haired girl giggled. The thin flute-player drew her hair behind her ears. There were odd prints on the walls, Manny noticed, as if for the very first time. Views of Lourdes, grottoes, drastic saints. *The room was as cold,* she thought, *as faith in God. Damp, too.*

I'll get a cold here, she thought idly. The silence among the group crushed her. Then the pipe-thin voice of the very small woman slit the cold air:

'Well, I have a little something,' the woman said.

Immediately, everyone relaxed, shifted contentedly on their tubular chairs.

'Yes, please,' urged Manny.

'Lovely,' said the Major. He was falling asleep. He was thinking that he wouldn't make it through the evening. He had a letter to write. To his son. Which one? *Dear Son, we have been blessed with a murder . . .*

The bird-like, lively little woman began with an apology.

temps, il pensait qu'il n'allait pas durer la soirée. Il avait une lettre à écrire. A son fils. Lequel? *Cher fils, nous avons été bénis d'un meurtre* . . .

La petite femme vivace commença par s'excuser. « Je ne sais pas chanter, » dit-elle.

« Sottises, » dirent-ils tous.

« D'accord, » dit-elle. « Je vais juste vous lire les paroles, alors. »

Ils se préparèrent, ne s'attendant à rien de mieux que ce que la petite dame leur avait déjà lu auparavant, armée de son terrifiant enthousiasme et sa croyance en elle. C'était assez inquiétant. Manny savait que rien que l'on ne puisse dire ou faire n'allait améliorer ou restructurer ce qu'écrivait cette femme. Rien que l'on ne puisse lui indiquer à propos de ses vers n'aurait le moindre effet. La femme ferait semblant d'écouter, mais ne prendrait aucun conseil sérieusement. *Comme ci*, avait pensé Manny, un soir, *elle savait que ce n'était rien que des sottises, et se mettait d'accord pour nous faire plaisir, comme l'on ferait à un enfant.*

« *Je vois mon village sous la pluie,* » commença la femme :

« *Je le vois quand le soleil brille.*
Je vois passer les jours,
Mon fils, ma fille. »

« Oh, » fit le Major, en entendant le blasphème littéraire qu'était la collision des mots *brille* et *fille*, comme le choc d'un terrible accident de voiture.

« *Je vois la mer dans toute sa gloire,*
Ses petits bateaux rentrer . . . »

La fille aux cheveux roux regardait par-terre. Manny, sans raison particulière, avait envie de lui cogner la tête avec son poing fermé.

« *Je vois tout, le port aussi,*
l'amour de dieu sur terre débuter. »

« Oh, » dit le Major. « Très bien, très joli. » il était atrophié par le sourire béat de la petite dame. Rien ne lui permettrait de lui dire à quel point il trouvait ça nul, banal. *Jamais souffert*, pensa le Major : *jamais vécu. N'importe quoi!*

Manny pensa à quelque chose à lui dire. C'était important de dire quelque chose. Cela voulait dire qu'on avait écouté.

'I can't sing,' she said.
'Nonsense,' they all said.
'Okay,' she said. 'I'll just read out the words, then.'

They prepared themselves, expecting no improvement on anything else the woman had let them hear, armed with her terrifying enthusiasm and her belief in herself. It was quite unsettling. Manny knew that nothing could be done to direct, improve or restructure anything the woman wrote. Nothing said or indicated about her verses would have the slightest effect. The woman nodded, listened, nodded again, but took not one word of advice to heart. *As if,* thought Manny one evening, *she knew it was all nonsense and was indulging us, like you'd indulge children.*

'*I saw my village in the rain,*' began the woman,
'*I saw it in the sun. I saw the way the days went by*
My daughter and my son.'

'Oh,' said the Major, on hearing the thunderous literary blasphemy of *sun* and *son* collide with the shock of a dreadful car-accident.

'*I saw the glory of the sea*
Its little boats come in . . .'

The redhaired girl was starting at the floor. Manny looked at her and wanted, for no reason she could fathom, to hit her very hard on the head with her closed fist.

'*I saw it all, the harbour too*
And saw God's love on earth begin.'

'Oh,' said the Major. 'Very good. Very nice.' He was withered by the beatific smile on the little woman's face. Nothing would permit him to say how dreadful he thought her effort, or how typical. *Never suffered,* the Major thought. *Never knew life. Rubbish!*

Manny thought of something to say. Having something to say always made a writer feel better after they'd read out their work. It meant you'd listened.

The thin flute-player said: 'It made me want to cry.'

The little woman smiled triumphantly. 'It would be better to music,' she said.

La mince flûtiste dit : « Ca m'a donné envie de pleurer.»

La petite femme, avec un sourire triomphant dit : « Ca irait mieux avec de la musique.»

« Je ne crois pas en Dieu,» dit la fille aux cheveux roux, tête baissée.

Ils la regardèrent tous curieusement. Qui était-elle? Que faisait-elle? D'où venait-elle? Ils la regardèrent et se réalisèrent qu'ils ne se connaissaient pas, en tout cas pas d'une façon sérieuse ou intime, et cela les attrista.

La petite femme dit : « Eh bien, nous croyons tous en quelque-chose.»

« Je ne crois en rien,» dit la fille aux cheveux roux.

« Oh, alors,» dit le Major. Il se sentait étrangement insulté. *Cher fils, emmène-moi loin d'ici . . .*

Manny classa qelques-unes de ses pages. Le froid lui cognait les os. La soirée était trop longue, le froid trop absolu. Il y avait d'énormes silences entre eux auquels elle ne pouvait rien remèdier. Ils attendaient tous qu'il se passe quelque-chose, et il ne se passa rien. Oblitérée d'un coup par le poids de son âge, Manny trouva qu'elle ne pouvait à peine lever la tête. Elle entendît la voix triste et inquiète de la fille aux cheveux roux dans la pièce froide.

« J'ai quelque chose que j'ai écrit,» disait la fille.

« Oh,» dit le Major.

La fille ouvrît son poème. Il était écrit au crayon. L'écriture peu soignée était partout sur la page. Ça avait l'air sans espoir.

« Vas-y,» dit la petite femme avec enthousiasme.

Manny la regarda. *Tu ne sais même pas quand personne ne t'écoute, quand on n'en a rien à faire*, elle pensa.

« Le voici,» dit la fille aux cheveux roux. Elle avait levé les yeux du sol. Ses mots écrits lui donnaient vie. « C'est à propos de la fille qui a été tuée,» dit-elle.

Ils remuèrent à nouveau. Ils se sentaient embarassés, non pas par le poème, mais par le fait qu'elle leur avait rappelé de choses plus importantes, au-delà de la fenêtre. Ils se sentaient plus petits.

« *Tu est morte parce que nous savions et ne parlions pas,*» commença la fille.

'I don't believe in God,' the redhaired girl said, her head down.

They all looked at her curiously. Who was she? What did she do? Where had she come from? They looked at her and realised they didn't know one another, not in any serious or intimate way, and it upset them.

The little woman said: 'Well, we all believe in something.'

'I don't believe in anything,' the redhaired girl said.

'Oh, well,' said the Major. He felt strangely insulted. *Dear Son, Take me away from here...*

Manny shifted some more papers. The cold in the room was knocking on her bones. The evening was too long, the cold too absolute. There were huge patches of silence among them which she couldn't do anything to relieve. They were all waiting for something to happen and it never did. Obliterated of a sudden by the weight of her years, Manny found she could barely raise her head. She heard the redhaired girl's sad, fretful voice in the cold room.

'I have something I wrote,' the girl was saying.

'Oh,' said the Major.

The redhaired girl opened her poem. It was written in pencil. The sloppy, fast writing was all over the page. It looked hopeless.

'Go on,' enthused the little woman.

Manny looked at her. *You don't even know when you're being ignored, when we don't care,* she thought.

'This is it,' said the redhaired girl. She'd lifted her eyes from the floor. Her written words were giving her life. 'It's about the girl that was murdered,' she said.

They all fidgeted again. They felt embarrassed, not by the girl's poem, but by her reminding them of greater things beyond the single window. They felt smaller.

'*You died because we knew and didn't speak,*' began the girl.

'*Your death is what our silence is, our shame.*

We must begin again, we must

Cast out the shadow that has come to claim . . .'

The Major let the words take up a rhythm, and in this he felt his impatience grow.

« *Ta mort est notre silence, notre honte.*
Nous devons recommencer, nous devons
Nous debarrasser de cette ombre qui monte . . . »

Le Major laissa les mots prendre un rhythme, et son impatience grandît.

Manny regarda le Major. *Pauvre vieux*, elle pensa.

Le poême se termina.

« C'était magnifique, » dit la maigre flûtiste solennellement.

« Touchant et sensible, » dit le Major.

La fille aux cheveux roux les regarda avec de grands yeux mouillés. « Merci, » dit-elle doucement.

Manny la regarda. Sa vulnérabilité était un affront. Les filles de ce genre travaillaient dur à être vulnérable, tout le monde avait pitié d'elles. Choquée par ses pensées cyniques, Manny chercha quelque-chose de positif à dire. La vérité, c'était qu'elle regrettait ne pas avoir écrit quelque chose à propos du plus grand évènement à s'être passé au village à la mémoire de tous. La fille l'avait dérobé de quelque-chose.

« Il y a un certain danger d'appliquer trop d'émotion à un poème, » dit Manny, consciente de l'absurdité de ses mots pompeux. Ils la regardèrent tous.

« Y-a-t-il une telle chose que trop d'émotion? » demanda la flûtiste, d'une voix maigre.

« Dans un poème, oui, » dit le Major.

« Ça dépend, » dit la petite femme.

« Je ne pense pas que . . . » dit la fille aux cheveux roux.

Manny sourit. *Voilà comment devaient être les choses.* Discutant la poésie, l'émotion et trop de ceci, trop de cela, ils étaient ensemble, intenses. Elle s'était rachetée. Personne ne pouvait lui voler cette sensation. Elle se détendit. Quelque part, le Major avait réussi à insérer ses pensées sur l'occupation britannique en Irlande. Son visage était plein de ferveur et de vertu. La fille aux cheveux rouges s'était éffondrée sur elle-même comme une poupée dégonflée, pliée comme quelque-chose d'abatu.

Voilà ce qui arrive aux vulnérables, pensa Manny.

Manny looked at the Major. *Poor old man*, she thought. The poem ended.

'That was beautiful,' said the thin flute-player solemnly.

'Touching and sensitive,' said the Major.

The redhaired girl looked up at them all with large, wet eyes. 'Thank you,' she said quietly.

Manny looked at her. Her vulnerability was an affront. Girls like her, they worked hard at being vulnerable, everybody took pity on them. Shocked by her cynicism, Manny, tried to find something positive to say. In truth, she felt ashamed that she had not written something about the biggest event in the life of the village since anyone could remember. The girl had robbed her of something.

'There is a danger in applying too much feeling in a poem,' Manny said, aware of the nonsense and pomposity of her words. They all looked at her.

'Can there be such a thing as too much feeling?' asked the flute-player thinly?

'Well, in poetry, yes,' said the Major.

'It depends,' said the little woman.

'I wouldn't think . . .' said the redhaired girl.

Manny smiled. *This was how things should be.* Discussing poetry and feeling and too much of this and that, being at one, intense, together. She felt redeemed. No one could take this feeling from her. She sat back. Somehow the Major had managed to insert his feelings about what the British had done to the Irish. His face glowed with fervour and righteousness. The redhaired girl had collapsed in on herself like a deflated doll. She folded over like something shot.

See what happens to the vulnerable, thought Manny.

33

La montagne, dans son col de brouillard couvait la forme insignifiante du détective. Il était là, dans la rue en pente. Regardant l'école et ses étages gris, il pensa au coeur comme un seau rempli des fois d'ordures, des fois de roses. La plupart du temps, avec la plupart des gens, pensa-t-il, c'était un mélange instable des deux. Il était devenu pensif dans les crachats de pluie et de brume.

Le village semblait sombre et gris et trempé. Dans la rue humide et luisante, rien ne bougeait. Les portes de chez 'Maher's' étaient fermées à clef. La porte de l'épicerie 'Barton' était fermée aussi. Une pile de journeaux ficelés ensemble dormait devant celle ci, ivre d'encre.

Il n'avait pas dormi et ses yeux étaient rouges et irrités. Son coeur battait avec une étrange anxiété. Il s'imaginait qu'il ressemblait à un voyeur de jeunes écolières, dans sa solitude et son manteau trempé, le col levé. Il avait lu quelque part que dans le trou-dans-la-nature qu'était Auschwitz, aucune plante ne poussait et aucun oiseau ne chantait. Dans sa fatigue, il s'imaginait comme un endroit sans chanson où rien ne pouvait pousser.

Il avait passé la majorité de la nuit à se retourner sans cesse dans son lit. Maintenant il recherchait légère consolation dans les fenêtres jaunâtres de l'école, et se demandait s'il la verrait là-haut, l'institutrice, sa silhouette passant comme une ombre chinoise dans une pièce de théâtre oriental.

Toute la nuit il avait pensé à la façon avec laquelle les ficelles

33

The mountain in its collar of mist brooded over the insignificant form of the detective. He stood in the sloping street. Looking up at the grey storeys of the school, he wondered how the heart was like a bucket filled now with slops, now with fresh roses. Most of the time, with most people, he thought, it was an unstable broth of both. He had become thoughtful in the swift drizzle of mist and rain.

The village looked bleak and grey and wet. Along all the wet glistening street, nothing stirred. The doors of Maher's pub were closed and locked. The door of Barton's shop was also shut. A tied, sodden pile of the day's newspapers slumped at its door, drunk on printer's ink.

He had not slept and his eyes were gritty and sore. His heart thudded with a queer sort of anxiety. He imagined he looked like a stalker of young schoolgirls, in his wet coat with its collar turned up and in his absolute solitude. He had read once that, in all of the hole-in-nature that was Auschwitz, no plants grew, no birds sang. In his wet fatigue, he thought of himself as a songless space where nothing could grow.

Most of the night, he had tossed and turned. Now he looked for weak consolation at the yellowed windows of the school, and wondered if he might see her up there, the schoolteacher, her form moving like that of a shadow-doll in an Oriental play.

All night he had thought of how the strings of what he had come to know had gathered, without any effort on his part, to form conclusions. Burdened with the weave of answers, he

de ce qu'il était venu à savoir s'étaient regroupées, sans aucun effort de sa part, pour former des conclusions. Alourdi par cette tapisserie de solutions, il avait besoin qu'elle le rassure. Pour lui montrer que de bonnes choses vivaient derrière le mauvais. Que le monde n'était pas qu'un grand péché.

Il erra jusqu'au port et regarda les bateaux se balancer et tinter sur une bâche grise d'eau. Il ressentit les eaux qui l'attiraient vers elles. Réconfortante, la pensée de tomber dedans, d'être submergé.

Ereinté, il fit le tour du village. La taille et la forme et la proximité de la montagne la faisait sembler monstrueuse et menaçante. La matinée s'allongea. Il se prépara un thé dans le minuscule poste de police. Seul, il bût son thé dilué avec du lait tourné et se déplaça dans le silence endormi des petites pièces : des étiquettes pour marquer le bétail, des licences pour les armes à feu, des licences pour ceci, pour cela; les petites ordonnances d'un village au bout du monde. Qu'est ce que cela voulait lui dire? Il n'avait pas d'affaires ici, tamisant, découvrant. Ce n'était pas son affaire, de prendre sur lui leur portion de péché.

Il était déjà plus heureux quand le policier arriva, ôtant sa casquette trempée. Les deux hommes étaient assis en face de l'un l'autre; entre eux, une grande table saccagée de papiers, de documents, de carnets de notes et un vieux téléphone noir. D'autres arriveraient bientôt, ceux qui avaient été informés, ceux dont l'authorité était comme une couverture étouffant un feu. Il serait heureux de leur passer le fardeau.

« Sommes-nous sûrs? » demanda le policier à la suite d'un profond silence.

« Oui, je le pense, » répondit-il. Le détective pensa à l'institutrice. Il l'imagina passant parmi ses filles, délibérée, prenant le controle, sa voix à la fois imposante et séduisante. Elles la vénéreraient, de leur propre manière de fillette. Quelque unes seraient amoureuses d'elle de cette façon innocente et merveilleuse.

Le téléphone sonna. Le détéctive répondît. Quand il posa l'appareil, le policier le regarda sévèrement.

« Bon, » soupira le détéctive. Il n'avait plus du tout d'énergie.

needed the reassurance of her. To let him know that good things lived behind the bad. That the world was not one great sin.

He wandered as far as the harbour and watched the boats rock and tinkle on a grey tarpaulin of water. He felt the tug of the water. How comforting, the thought of falling in, of the water covering his head.

Exhausted, he walked around the village. The bulk and shape and nearness of the mountain seemed monstrous and threatening. The morning lengthened. He made himself tea in the tiny police-station. Alone, he sipped the tea milked with sour milk and moved about in the quiet sleepiness of the small rooms: cattle-tagging tags, gun licences, licenses for this, for that; the petty ordinances of a village at the edge of the world. What did it mean to him? He had no business being there, sifting, discovering. He had no business being the one to take upon himself their portion of sin.

Happier, then, when the local policeman came in, removed his wet-peaked cap. The two men sat opposite each other; between them, a big table ruined with papers, documents, notebooks and a black, old telephone. Others would arrive soon, those who had been told, whose authority was like a blanket thrown upon a fire. He would give his burden to them and be glad.

'Are we sure?' said the local policeman after a deep time of silence.

'Yes, I think so,' he replied. The detective thought about the schoolteacher. He imagined her moving among her girls, deliberate, in charge, her voice commanding and alluring at the same time. They would worship her, in their girly manner. Some would be in love with her in that innocent, wondrous way.

The phone rang. The detective answered it. When he put down the receiver, the local policeman looked at him sternly.

'Well,' sighed the detective. He had no energy at all, now. He wanted to sleep, to fall into black uncompromising sleep and wake up in a new, fresh world days later. He felt grubby in the old one. Soiled.

'Tomorrow,' he told the local man. 'They'll be here in force, God help us.'

Il voulait dormir, tomber dans un sommeil intransigeant et se réveiller dans un monde tout neuf, tout frais, des jours plus tard. Il se sentait sale et vieux. Taché.

« Demain, » dit-il à l'homme en face de lui, « ils arriveront en force, que Dieu nous aide. »

« Encore du thé ? » lui demanda le policier.

Ils restèrent là, comme deux hommes qui n'auraient rien à faire, vidés, essorés de toute utilité. Le policier n'avait pas l'air d'avoir bien dormi non plus. Ils étaient deux hommes d'occasion. Ils ressemblaient à deux vieux manteaux dans une friperie.

Le village s'ouvrit. La montagne s'ouvrit, et la pluie et le brouillard se dissipèrent. Le détective alluma un petit poste de radio; il se passait une guerre quelque-part, au loin, un accident de train quelque part d'un peu moins lointain. Des femmes passèrent au-dehors, en bavardant.

Un soleil mesquin remonta la rue comme une tache de peinture jaune.

'More tea?' asked the local policeman.

They sat there like men with nothing to do, from whom all purpose had been siphoned, drained away. The local man didn't look as if he'd slept well, either. They were second-hand men, they looked like jumble-sale coats.

The village opened. The mountain opened, and the rain and mist lifted. The detective turned on a small radio; there was war in somewhere far away, a train-crash somewhere closer. Women passed by outside, gossiping.

A grudging sunshine crept up the street like a spill of yellow paint.

34

Un rat passa sur le rebord de la fenêtre. Il fît un son comme des feuilles de papier tombant à terre. Au-delà du rebord, la mer était d'un vert sale et enragé. Comme une blessure qui aurait suppuré et qui maintenant se versait sur la chair brune et trempée du rivage.

Il se préparait un oeuf à la coque dans une casserole difforme. La casserole était brûlée jusqu'au point d'être noire. L'eau bouillait et sifflait et l'oeuf tremblait dans la chaleur. L'odeur qu'il sentait venant de lui était celle de vieux sperme et de sueur, et de vêtements qui étaient devenus partie de lui, qui avaient laissés leur empreinte sur sa peau. Il passait d'une partie de la pièce à une autre comme un vieux.

Elle l'avait traité de vieux. Allongée sur son lit de mort, elle avait dit pendant ses dernières heures : « Tu es vieux. Tu étais vieux quand je t'ai rencontré. Vieux. Vieux.»

Là, dans cette pièce, où l'autre putain s'était construit une habitation; nettoyé l'entroit, mis des fleurs là où rien n'allait, ne pouvait pousser. Une cachette. Un endroit où elle prenait refuge contre le monde.

« Crois-tu que je suis vieux?» lui avait-il demandé, une fois. Mais elle pleurait, bavait, son visage détruit par les larmes, et elle ne lui avait pas vraiment répondu. Mais il lui avait montré sa vieillesse.

Il piétinait sur de vieux journaux, des magazines, des photos dans leurs cadres brisés. Une nuit – une rage – les aurait vu étalés partout comme de laides feuilles d'automne. Des photos d'elle, souriante – elle n'avait aucun droit de sourire, aucun droit d'être heureuse si lui ne l'était pas – et jouant la bonne épouse. Lui, le

34

A rat skittered across the window ledge. It made a sound like sheets of paper falling on the floor. Beyond the ledge, the sea was a dirty, angry green. Like a wound that had festered and now poured over onto the brown, wet flesh of the shore.

He boiled an egg in a misshapen saucepan. The saucepan was burned black. The water bubbled and hissed and the egg moved around, twitching in the heat. The smell he could smell from himself was of old semen and sweat, and clothes that had become a part of him, that had laid an imprint on his skin. He moved from one part of the room to the other like a very old man.

She had called him old. Lying on her death-bed, she had said in her last hours: 'You are an old man. You were old when I met you. Old. Old.'

In *there*, in that very room, where that other whore had made something of a habitation for herself; cleaned the place up, brought flowers in where nothing would or could ever grow. A place to hide. A place where she made a shelter from the world.

'Do you think I'm old?' he had asked her once. But she'd been crying, slobbering, her face ruined with tears, and hadn't really answered him. But he'd shown her how old he was.

He trampled over old newspapers, magazines, photographs in their shattered frames. Some night – some rage – had caused them to be strewn like ugly leaves all over the place. Photographs of herself, smiling – she had no right to smile, she had no right to be happy if he wasn't – and being the good wife. He, the good husband; in one photograph, he actually had his arm around her

bon époux; dans une des photos, il avait même le bras sur l'épaule de sa femme, mais le bras avait l'air lourd et écrasant, comme le collier d'un esclave ou le truc d'un marchand d'esclaves. Dans une autre, les trois d'entre eux, les deux putains ensemble, une pas encore assez mûre pour ça, mais presque, la façon dont il lui montrerait face à face la nature du péché qu'était le fait qu'elle soit vivante.

L'oeuf crépitait dans la casserole. La casserole grelottait sur les petites flammes bleues.

Il se demanda si c'était une bonne idée de manger l'oeuf; si l'oeuf lui démarrait le coeur, le desséchait, jusqu'au point où son corps, incapable de manger des solides, se mettait à protester. Il mangerait l'oeuf lentement et le ferait descendre, lentement, avec ce que lui restait de son whiskey. Comme-ça, moins de problèmes.

Il passa devant un sale miroir, tâché de marron. Le visage dedans avait l'air malade et sale. Un kaléidoscope de pourriture; des tranches des cheveux gris lui tombaient sur les oreilles; des points noirs lui poivraient la peau; le blanc de ses yeux était d'un ton jaune et faible; une croûte vert-vomi s'était formée sur les côtés de sa bouche; le col de sa veste était puce de sueur-saleté et de petits, faibles poils anémiques poussaient sur sa poitrine pâle.

« M'est venue avec son péché, » dit-il au miroir, qui ne répondît pas.

« *M'est venue avec son péché. Je l'ai chassé en la cognant, moi!* » Il sourît, l'image lui retourna le sourire. Il entendait la casserole cognant et gémissant sur le fourneau.

Plus d'une fois, il l'avait cognée, aussi. Personne pour l'en empêcher. L'autre était morte. Elle l'avait laissé. Mais il en restait une.

Il se regardait dans le miroir quand soudainement vînrent les larmes, grosses et chaudes. Il pensa à elle, la petite morveuse, pas la sienne, donc pas de péché. Pas comme le péché pour lequel elle devait payer; l'autre, grossie avec elle, comme un porc cherchant un endroit pour se coucher.

Elle, se payant de lui au village, leur racontant des histoires, comment elle rampait partout comme une bonne-soeur, tête baissée. Il savait que les hommes du village l'avaient regardée, avaient dit que les timides et religieuses étaient les plus bonnes et

shoulders, but it looked heavy and crushing, like a slave's necklace or slaver's yoke. In another, the three of them, the two whores together, one not ripe for it but almost, the way he'd show her to her face the nature of her sin of being alive.

The egg rattled in the saucepan. The saucepan shivered over the little blue flames.

He wondered if it were a good thing to eat the egg; if the egg wouldn't start his heart up, dry him out too much, to that edge where his body, unable for solid food, began to protest. He would eat the egg slowly and wash it down, slowly, with what whiskey he had left. That way, less trouble.

He passed a filthy, brown-stained mirror. The face that looked back at him looked ill and dirty. A kaleidoscope of decay; grey slivers of hair fell over his ears; black-heads peppered the creases of his skin; the whites of his eyes were a faint, foggy yellow; a puke-green crust had formed at the sides of his mouth; the collar of his button-vest was puce with sweat-dirt and small, feeble, anaemic hairs sprouted from his pale chest.

'Came to me with her sin,' he mouthed at the mirror, which did not reply.

'*Came to me with her sin. I knocked it out of her, I did!*' He grinned, the image grinned back. He could hear the saucepan knocking and whimpering on the stove.

More than once, he'd knocked it out of her, too. Not a one to stop him. The other'd died on him. Left him. But one was left behind.

He was looking at himself in the mirror and suddenly the tears came, fat and hot. He thought of her, the whelp, not his, so no sin. Not like the sin she had to pay for; that other one fat with her, like a pig looking for a place to lie down.

She making a show of him in the village, giving them all talk, the way she'd crawl about like a nun, her head down. He knew that the men had looked at her, had said that the shy ones and the religious ones are the hottest and had laughed into their glasses. But he had the beating of them all. He took her first blood. He was the boy!

Fat tears, slow to fall.

avaient ri dans leurs verres. Mais il avait la bastonnade qu'ils voulaient tous. Il avait pris le premier sang. C'était lui le garçon!

De grosses larmes, tombant lentement.

La casserole sautait et tremblait. L'oeuf roulait et balançait, l'eau presque évaporée.

« Le temps ne s'arrête pas, » dit-il au miroir. Le miroir ne répondit pas.

Puis elle était prête à le quitter, aussi. Le laisser avec rien que le son de lui-même habitant le monde; l'odeur de lui-même toujours vivant.

Drôle, il avait pensé que les histoires étaient assez fortes pour qu'aucun homme ne veuille jamais la toucher. Mais les hommes se trompaient devant une pute, voilà ce qu'était la vérité. Un homme avait voulu être avec elle – se tacher, se gâcher. Des produits gâchés, c'était son problème. Mais pas avec elle!

« *Merde-merdamerde-merde!* »

Dans le miroir, voyant son visage changer et se plisser alors qu'il se cognait la tête avec le poing. *Cogne-cogne-cogne.*

Pas-avec-elle-pas-avec-elle-PAS-avec-elle. Elle était chaude, douce, protectrice; des fois, elle mettrait même le bras autour de lui, disant, « Endors-toi, maintenant, papa. Dors, dors. » On aurait dit un autre mot pour vieux. Il se lèverait alors, son bras glisserait. Elle mourrait pour lui alors il devait la remettre en vie.

Un autre l'avait voulue. Il aurait du le tuer.

L'oeuf se fracassait et hurlait; il n'y avait plus d'eau dans la casserole.

Si soignée et bien rangée, sa chambre. Le brossage de ses cheveux, la façon dont elle se regardait dans ce miroir même, un morceau d'une nouvelle robe ici ou un teint de parfum là, elle bougeait autour de lui, mais pas pour lui, pour quelqu'un d'autre. Elle le faisait penser à un papillon émergeant d'un cocon. De temps en temps, elle lui répondait. De temps en temps elle se mettrait devant lui, bras croisés, fâchée, trop fâchée pour qu'il ne sache quoi faire.

Elle commençait à lui faire peur. Quelque chose en elle

The saucepan jumping and fretting. The egg rolling and rocking, the water almost evaporated.

'Time goes on,' he told the mirror. The mirror did not reply.

Then she'd been about to leave him, too. Leave him to the sound of himself still living in the world; the odour of himself still alive.

Funny, he'd thought that the stories would be strong enough that no man would ever touch her. But men were fools to a whore, that was the truth of it. A man had wanted to be with her – stain himself, soil himself. Soiled goods, that was his business. But not with her!

'*Fuck-fuckafuck-fuck!*'

Into the mirror, watching his face change and pucker as he banged the side of his head with his fist. *Thump-thump-thump.*

Not-with-her-not-with-her-NOT-with-her. She was warm, soft, protecting; sometimes even she'd put an arm around him, saying, 'Go to sleep, now, Dad. Sleep, sleep.' It sounded like another word for old. He'd rise then, her arm would slip away. She'd die to him and he'd have to put some life back into her.

Another man had wanted her. He should have killed him.

The egg banged and screamed; there was no water left in the saucepan.

So neat and tidy she made up her room. The combings of her hair, the way she'd look at herself in this very mirror, a new piece of a dress here or a taint of perfume there as she moved around him but not for him, for someone else. She reminded him of a butterfly emerging from a cocoon. Now and then she'd answer him back. Now and then she would stand in front of him, arms folded, angry, angrier than he'd known what to do with.

She began to frighten him. Something growing in her was what frightened him. Made him tremble at thoughts, sensations he had'nt worried about before. As day followed day, he saw himself hurtled towards a pre-ordained dark, a certainty prepared for him as Hell had been prepared for the Devil and his

grandissait, et c'était cela que lui faisait peur. Le faisait trembler d'y penser, sensations auxquelles il n'avait pas de quoi s'inquieter auparavant. Jour après jour, il se voyait jeté vers un sombre préordonné, une certitude préparée pour lui comme avait été préparé l'enfer pour le diable et ses anges. Un nouveau froid passait dans sa bouche quand il l'ouvrait. Il commençait à respirer sa propre mort. Un oiseau voletait dans la maison qu'était son crâne, frénétique, cherchant la sortie – des tableaux tombaient des murs derrière ses yeux, des lamentations remontaient les nefs creuses qu'étaient ses oreilles.

Il eût des visions. Il la voyait avec son amant. Il les sentaient s'embrasser sur sa propre peau. Il recherchait les imageries, elles étaient les bienvenues; allongé, les
jambes écartées sur son tout petit lit, mouillé et collant avec une offrande maigre et ivre; plus comme de l'eau. Il s'essuya sur ses jolis draps.

Un soir, il était sorti, la mer moussante, sans toît et sauvage et le ciel noir et sans fond; il la sentait dans l'air, suivant son fantôme. Un millénaire de cela, il avait cherché en reniflant, son air noir et enflammé; sa chaleur et sa colère : comme rien d'autre au monde, son empreinte sur l'air.

Les rochers étaient noirs dans la nuit. Quelque chose croassait, quelque chose bougeait. La brise arrachait la peau de son visage – des petites mains elle avait au début, il pouvait presque les tenir toutes les deux dans son poing – la femme en elle maintenant trop grande pour lui. Il avait rétréci, diminué, voilà ce qu'était la vieillesse. La mer et le vent s'étaient enragés à l'intérieur de lui. La montagne derrière lui, il aurait juré entendre un son comme une note basse, un murmure en sortir.

L'oeuf, quand il le regarda, s'était fissuré; la coquille avait brulé au noir d'un côté, un point cancereux. Il pêcha l'oeuf avec une cuillère noircie. Il le jeta dans la pièce. Il se noya dans des vagues de fatigue gluante. Il voulait s'allonger.

Il s'allonga sur le petit lit de sa fille. La lumière quitta la pièce.

Angels. A new cold drifted in and out of his mouth when he opened it. He began to breathe his own death. A bird rushed round the house of his skull, frantic, looking for a way out – pictures fell off the walls behind his eyes, lamentations went up in the hollow naves of his ears.

He had visions. He saw her with her lover. He felt their embraces on his own flesh. He sought the imaginings, welcomed them: laying splay-legged on her tidy bed, wet and sticky with a meagre, drunken offering; more like water. He wiped himself in her nice sheets.

One night he'd gone out wild, into the greater wild of the roofless, frothing sea and bottomless, black sky; smelling her in the air, following the ghost-upon-ghost of her. A thousand years ago now, he'd sniffed for the blazing, black air of her; of her heat and her anger: like nothing on the whole earth, the imprint of her on the air.

The rocks were black in the blackness. Something cawed, something rustled. The breeze tore at the skin of his face – little hands she had at first, he could almost grab both in his one fist – the woman in her now was too big for him. He had shrunk, diminished, that was what being old meant. The wind and sea had raged inside him. The mountain to his back, he could swear a sound like a low note, a murmur, came out of it.

The egg, when he looked at it, had cracked; the shell was burnt black on one side, a single cancerous spot. He hooked the egg out in a blackened spoon. He threw it into the room. He drowned in waves of gluey fatigue. He wanted to lie down.

He lay down on her bed. The light went out of the room.

35

Le regard sur le visage du Français. Et le regard sur *son* visage, agenouillée près de ce même fauteuil, les mains jointes; une sainte brisée. Une sainte rurale, une Brigitte sans châsse, une Madeleine.

Une visage pouvait être comme une toile sur laquelle le monde pouvait peindre toutes les joies et les tristesses qu'on puisse imaginer. Et certaines qu'on ne pouvait pas imaginer. Son visage et celui de son amant pouvaient parfois être le même, suppliant; mais suppliant de différentes choses, Dieu le sait.

Dans la lumière diminuante et grise du jour, la carafe brillait faiblement et il s'en versa un autre. L'âge avait fait de mauvaises choses à sa constitution, à sa vessie, son coeur, sa prostate, ses yeux. Il se sentait comme la fin d'une histoire. Ce n'était pas comme dans un livre.

Ses supplices et ses implorations s'étendaient au-delà de ce vieux plafond, vers un dieu auquel tous deux ne croyaient plus. Il l'avait levée de ses genoux, appelée par son prénom, en avait senti le goût sucré sur sa langue, senti le poison de sa propre angoisse passer de son ventre à son coeur et son âme. Puis il avait dit quelque chose comme : *Pas à genoux, pas toi, pas toi.*

Et elle s'était levée, pleurant, le visage plein de larmes, se demandant ce que voulaient dire ces mots, ne ressentant pas la colère noire qui se levait derrière eux comme la fumée d'un feu qui vient de prendre, au moment les flammes sont impardonnables. Il lui avait offert un whiskey. Ils s'étaient assis dans ces mêmes fauteuils – choses hideuses en cuir marron, faites pour pleurer, pour supplier, pour les genoux serrés ensembles et les mains

35

The look on the Frenchman's face. And the look on *her* face, as she knelt by that very armchair, hands clasped; a shattered saint. A rural saint, an unshrined Bridget, a Magdalene.

How a face was like a canvas upon which the world could paint all the joys and sorrows that you could imagine. And some you could not. How her face and the face of her lover were sometimes the one face, begging; but for very different things, God knows.

By the fading grey light of the day, the decanter flinted weakly and he poured himself another. Age had done bad things to his constitution, to his bladder, his heart, his prostate, his eyes. He felt like a story coming to an end. It was not like in a book.

Her beggings and implorings had reached beyond that stuccoed, old ceiling there, to a God neither of them believed in any longer. He had lifted her off her knees, used her first name, tasted its sweetness on his tongue, felt the poison of his anguish stream from his belly to his heart and soul. Then he'd said something like: *Not on your knees, not you, not you.*

And she'd stood up, wet-faced, blubbering, wondering what his words meant. Not sensing the black anger rising behind them like smoke out of a fire when it catches at last, when the flames are unstoppable. He'd offered her whiskey. They sat in these very armchairs – hideous, brown leather things, made for mourning, for begging, for knees together and hands clasped and unclasped – and said nothing until the dark, still room proved too much. And they smoked a cigarette together and she'd asked him, 'What

jointes et disjointes. – et ne s'étaient rien dit jusqu'au moment où la sombre pièce en était trop. Et ils avaient fumé une cigarette ensemble et elle lui avait demandé, « Que vais-je faire, Brian? Au nom du Christ, au village, que vais-je faire? »

Il la laissa parler. Il n'en avait rien à faire, du village, de ceux qui étaient dedans, à part elle. Il haïssait le monde entier parce qu'il l'aimait, elle, et ne pouvait jamais en parler. Pas en ces temps là. Maintenant, il l'aurait prise pour amante sans hésiter et le village pouvait pourrir. Mais pas en ces temps là.

Elle lui avait demandé d'écouter sa confession. Il refusa, de la manière la plus douce possible. Il ne voulait pas s'infliger de ses histoires de plaisirs illicites. Entendre comment elle avait fait avec l'autre salaud ce qu'il voulait faire. Elle avait été idiote; elle était plus à plaindre qu'à désirer, sûrement.

« Il y a des hommes qui t'aiment beaucoup, » dit-il.

Elle secoua la tête. Il lui remplit son verre. Il se leva et alluma une lampe de buffet. Son faible halo jaunâtre s'étala sur les murs et les meubles. Il n'y avait rien qu'il puisse lui dire qui lui ferait du bien à lui. Il était foudroyé, brisé, l'écoutant, frénétique à la porte, pleurant, dans ses bras, une folle, devenue vieille de chagrin et de perte devant lui. Il voulait la tenir, tendrement au début, puis sentir sa peine tourner, comme une émotion caressée, et devenir autre chose. Il voulait la sentir s'effondrer sous lui, le prendre, et faire en sorte que se soit facile pour lui de déclarer son amour et sa solitude, tous deux étant la même chose. Mais il dit ce qu'un curé devrait dire. Un homme duquel on aurait retiré l'homme : l'eunuque de Dieu. Ce n'était pas étonnant que les femmes se sentaient en sécurité autour de lui.

« L'enfant est un cadeau venant de Dieu, » dit-il, mais il n'en croyait pas un mot. L'enfant allait lui être une malédicton. Une plaie. Voilà ce qu'il croyait, même s'il disait ces choses pieuses et insensées. Les femmes du village allaient faire de sa vie un enfer. Aucun homme ne la toucherait. Ils la traiteront de prostituée, jaloux de ne pas avoir aussi couché avec elle.

will I do, Brian? In Christ's holy Name, in the village, what will I do?'

He let her talk. He cared nothing for the village, for anyone in it, save her. He hated the whole world, because he loved her and could never speak of it. Not then, in those days. Now, he'd have taken her for his lover without batting an eyelid and the village could rot. But not then.

She'd asked him to hear her confession. He'd refused, as gently as he could. He did not wish to inflict upon himself her tales of illicit pleasure. Hearing how she'd done with that bloody man what he wanted to do. She'd been foolish; she was more to be pitied than lusted after, surely.

'There are men who love you,' he said.

She shook her head. He refilled her glass. He got up and turned on a side-board lamp. Its weak yellow halo spread over the walls and the furniture. There was nothing he could tell her that would do himself any good at all. He was devastated, broken, listening to her, frantic at the door, frantic, weeping, in his arms, a mad woman, gone old before his eyes in her loss and grief. He wanted to hold her, tenderly at first, then feel her sorrow turn, like any emotion caressed, into something else. He wanted to feel her crumble under him, take him, and make it easy for him to declare his love and his loneliness, which were the same thing. But he said what a priest should say. A man with the man-ness ordained out of him: God's eunuch. No wonder women felt safe around him.

'The child is a gift of God,' he said, not believing a word of it. The child would be a curse to her. A blight. That's what he believed, even as he said the pious, inane things. The women of the village would make her life a hell. No man would touch her. They'd call her a whore, jealous that they hadn't bedded her too.

But the foreigner had bedded her. Him talking in his singy-songy accent, pretending not to have much English, her taking him under her wing as if he was a cripple or something. The

Mais l'étranger avait couché avec elle. Lui avec son accent chantonnant, faisant semblant ne pas parler beaucoup anglais, elle le prenant sous son aile comme s'il était boiteux. Le 'frenchie' avec ses prétentions de voyager pour ramasser des histoires de folklore, dans les endroits de pélerinage – eh bien il en avait fait une offrande à son puits *à elle*, ça, c'est sûr. Il en avait fait une belle histoire, *d'elle*.

Le curé en lui baignait dans une désolation de chagrin et de haine, qu'il n'aurait jamais pu imaginer qu'un seul corps humain pouvait contenir. Le Français ne lui avait fait aucune promesse – il lui avait dit cela, face à face – ils s'étaient bien amusés, qu'est-ce qu'elle voulait qu'il y fasse? Il retournait à sa vraie vie.

« Vous vous imaginez?» dit-elle dans la lumière jaunâtre de la lampe. « Sa *vraie* vie.»

« Dieu le retrouvera,» lui avait-il offert. « Ses péchés le suivront.»

Mais il savait que Dieu n'avait rien à faire là-dedans. Rien à faire ou alors occupé à quelque chose d'autre. Elle n'avait aucune importance, une fourmi, moins qu'une fourmi. Dieu était trop haut pour lui prêter attention. Il était déjà occupé à préparer sa prochaine épidémie, sa prochaine famine spectaculaire. Il avait connu des curés qui étaient devenus gris, à moitié fous, après un séjour en Afrique; ils ne pouvaient plus payer le prix d'être croyants. Il y avait des maisons de retraite aux couloirs tranquilles où leurs fantômes vivaient des demi-vies en silence. Souffrent les petits enfants, en effet. Plus sûr de ne pas croire en Dieu.

Son esprit était parti à la dérive.

Elle s'était remise un peu, un peu mieux, un peu plus forte. « Je sais qu'il y a un homme qui est amoureux de moi,» annonça-t-elle. Comme si elle avait trouvé un portefeuille bourré d'argent, et n'avait aucune intention de le livrer à la police.

Il leva les yeux. « Je suis sûr que tu n'auras aucun problème,» dît-il.

« Toujours après moi,» elle continua.

Elle avait découvert le language de la survie, avec son vocabulaire et sa syntaxe de raison peu résonnable, de choix qui changeaient des vies entières. Venant de cette caverne primordiale

Frenchie and his yarns about travelling around to gather folk-tales, *pishrogues,* about pilgrimage places – well, he'd thrown a nice offering into *her* well, and that's for sure. He'd made a right tale to tell out of *her.*

The priest in him sat in a desolation of grief and hatred he could never have imagined containable in one frail human body. The Frenchman had made her no promises – he'd said that to her, told her to her face – they'd had a good time, what did she expect him to do? He was going back to his real life.

'Can you imagine?' she said in the yellow lamp-light. 'His *real* life.'

'God will find him out,' he'd offered her. 'His sin will follow him.'

But he knew that God wasn't in it. Didn't care, was otherwise engaged. She was too insignificant, an ant, less than an ant. God was too far up to notice her. He was already organising his next plague, the next spectacular famine. He'd known priests turned grey-haired, half mad, after a sojourn in Africa; they couldn't pay the price of faith any longer. There were quite-halled homes where their ghosts lived out half-lives in silence. Suffer the little children was right. Safer not to believe in God.

His mind had wandered.

She had drawn herself up, a little better, a little stronger. 'I know a man who loves me,' she announced. As if she'd found someone's wallet, it full of money, and with no intention of bringing it to the police.

He looked up. 'I'm sure you'll have no bother in the slightest,' he said.

'Chasing me all the time,' she went on.

She'd discovered the language of survival, with its vocabulary and syntax of unreasonable reason, of choices made that altered whole lifetimes. From that primal cave in some chamber of the spurned heart where all our last hopes fret until we haul them out. Murderous and vile as they often are, in the light of our real selves.

He reached over to her, patted her hand.

dans une chambre du coeur rejeté où tous nos derniers espoirs restent jusqu'au moment où on les fasse sortir. Meurtriers et infâmes qu'ils soient, au clair des personnes que nous sommes réelement.

Il se pencha vers elle, caressa sa main. Elle se mit à pleurer à nouveau, ses douces, grosses larmes, lui, l'irritaient.

« Tout ce que je voulais, c'était un peu d'amour, mon père, » dit-elle.

L'appelant maintenant par son titre, sachant où elle était, le repoussant vers sa non-humanité, où elle pouvait dire ce qu'elle voulait et tout ce qu'il pouvait faire c'était murmurer des piétés et des mensonges moralisateurs. Mais il avait d'autres choses en tête. Une autre chose en particulier. C'était une source de foi, d'énergie nouvelle. Sa volonté de vivre lui revenait quand il y pensait. En plus, ça avait une saveur du vieux testament, du flair, si on veut.

« Ne vois plus ce garçon français, » lui dit-il.

Elle le regarda sévèrement. « Oh non, mon père, je ne le verrai plus, » dît-elle.

Elle était triste, mais combattante. Déjà, une primitive partie d'elle traquait le paysage primordial, cherchant une caverne convenable, un camarade, qui pourrait pourvoir pour elle et son enfant. D'anciens rhythmes prenaient place en elle, la conduisaient. La chanson de ce qu'elle devait faire lui venait de la terre elle-même. En la regardant, il s'imaginait voir le nouveau sang passer dans les minces veines sur son front, d'une couleur de terre, de terreau, d'écorce d'arbres.

« Je sais que tu ne le verras plus, » dît-il, et lui caressa le genou.

She began to cry again, soft big tears that irritated him. 'All I wanted was love, Father,' she said.

Addressing him by his title, now, knowing where she was, pushing him away into his non-humanness, where she could say what she liked and all he could do was utter pieties and sanctimonious untruths.

But he had other things on his mind. One other thing in particular. It was a source of faith, renewed energy. His will to live stirred again to think of it. It had, besides, an Old Testament flavour to it, a flair, if you like.

'Don't see that French lad again,' he told her.

She looked up sharply. 'Oh, I won't, Father,' she said.

She was sad, but fighting. Already a primitive part of her stalked the primal landscape for a suitable cave, a workaday mate, to provide for her and her infant. Ancient rhythms began in her, drove her on. Up from the very earth itself rose the song of what she must do now. As he looked at her, he imagined he could see the new blood leap in the thin blue veins of her forehead, the colour of earth, of loam, of the bark of a tree.

'I know you won't,' he said, and patted her knee.

36

Il alla se promener. Il fallait qu'il mette le village derrière lui. Dans l'herbe haute et mouillée du champ il cheminait, levant ses genoux lentement, comme s'il aplatissait quelque chose avec chaque pas.

Etre seul dans ce grand champ vide lui donnait une immense liberté. La montagne s'érigeait derrière lui. En marchant, il sentit son poids familier sur son dos.

Il n'y avait pas d'autre son que le son de ses pieds sur l'herbe, et ses pas poussant l'herbe de côté. Il rentrait et sortait de petites éternités de bruit; un soleil liquide tombait sur l'arrière de sa tête, sur son cou nu. Un vent froid soufflait de temps en temps par dessus le champ, et lui mettait une claque. Un soulagement passa sur lui, comme si le vent le lui avait donné. De grandes choses noires étaient sorties de lui; il se sentait physiquement plus léger. Ce matin là, quand il avait ouvert ses yeux, il était sans peur ni culpabilité. Le manque de ces émotions était maintenant une émotion nouvelle. Il ne pouvait la décrire que par ce qu'elle n'était pas; il n'était plus la même personne qui avait questionné, comme un enfant effrayé, par le détective, avec ce monstre de policier se cachant dans les ténèbres.

Le vent dans ses oreilles émettait un son plat et hurlant. Derrière lui, le son qu'émettait la montagne. C'était la musique née en tout le monde au village, depuis l'ouverture de la boite à musique du temps.

Bientôt, les premiers cars arriveraient; les pélerins, amers de sainteté, amasseraient leur amertume adorante et graviraient la

36

He went for a walk. He had to put the village behind him. In the high, dripping grass of the open field he plodded, lifting his knees slowly, as if he were stamping something down with each step.

There was immense freedom in being alone in the wide empty field. The mountain reared up behind him. As he walked, he felt its familiar weight on his back.

There was no sound but the sound of his feet on the grass, and steps pushing the grass aside. He moved in and out of small eternities of sound; a watery sun fell on the back of his head, on his bare neck. A chilly wind gusted now and then over the field and slapped him on the face.

Relief swept over him, as if gifted to him by the wind. Great black things had gone out of him; he felt physically lighter. That morning, when he'd opened his eyes, he had been without fear and guilt. The lack of these feelings was a new feeling in itself. He could define it only in terms of what it was not; he was not the same person who'd been interviewed, like a frightened child, by the detective, with that glaring hulk of a policeman in the shadows.

The wind in his ears made a flat, howling sound. Behind him, there was the sound the mountain made – which was the music born in everyone in the village from the opening of Time's music-box.

Soon the first coaches would arrive; the pilgrims, sour in their holiness, would gather up their adoring bitterness and march up the mountain's face, beating their breasts. He would serve them

face de la montagne, se frappant la poitrine. Il leur servirait à boire chez 'Maher's', les verrait se saouler en parlant des merveilles de Dieu. Certains chanteraient; certains vomiraient. D'autres lorgneraient les filles locales; les femmes pérégrinantes ôteraient leurs alliances et les mettraient dans leurs poches. A la messe, l'air serait épais et pratiquement irrespirable avec leurs soupirs de nostalgie.

Il ressentît le désir de s'envoler. D'étendre ses bras de jeune homme, de courir, de bondir dans l'air froid et humide.

D'aller au-delà de lui-même.

Il leur avait dit ce qu'il avait vu et comment il avait été vu. La terreur dans le visage de la fille quand elle le vît, aussi. La silhouette d'un humain grandissant dans les ténèbres du rivage, comme la fumée d'un feu. Et comment il s'était enlevé d'elle, comme si il avait soudainement sentit l'air froid et tranchant sur son pénis mouillé. Comment il s'était mis sur ses pieds, se remettant, et comment elle avait lutté et lutté avec ses vêtements, essayant de les remettre en place, comme si elle était endommagée.

Il leur avait expliqué comment il voulait dire tout cela dans le confessionnal mais quelque chose dans la respiration du curé l'avait alerté du danger de lui confier quoi que se soit. Comme si le vieux curé était prêt à l'étrangler à travers l'ancienne grille métallique.

« Un homme, » avait murmuré le père Dermody et sa respiration était devenue plus profonde, comme la respiration d'une colère profonde, à peine retenue. « Dis ce que tu m'as dit à la police, » lui avait conseillé le vieux curé.

Mais à la police, il en avait dit davantage. Il leur avait dit comment la silhouette de l'homme s'était formée contre le ciel noir sur l'océan, le bruit des vagues cassantes, et comment il avait observé l'homme s'approchant de plus en plus d'où il se cachait. Comment l'homme s'était soudainement retourné pour la voir courir après lui, l'appelant.

Comment elle s'était arrêtée quand elle le vit sortir de sa

in Maher's, see them get drunk while talking loudly about the wonders of God. Some would sing; some would throw up. Others would eye the local girls; the peregrinating women would slip their wedding-rings into their pockets. At morning Mass, the air would be thick and barely breathable with their sighs of longing.

He felt the desire to fly. To extend his young man's arms, to run, to leap into the chill, damp air.

To go beyond himself.

He had told them what he had seen and how he'd been seen. The terror in the girl's face as she saw it, too. The human figure growing in the shore's dark, like smoke from a fire. And how he had rolled off her, as if suddenly feeling the air cold and sharp on his raged, wet prick. How he'd got to his feet, fixing himself, and how she'd tugged and tugged at her clothing, trying to set it all right, as if she were damaged.

He had told them how he had wanted to tell it all in the confessional but something in the priest's breathing had alerted him to the dangers of confessing anything at all. He felt as if the old priest were about to lunge at his throat through the ancient wire grille. 'A man,' Father Dermody had muttered and how his breathing had become deeper, like the breathing of deep anger barely restrained. 'Tell the police what you've told me,' the old priest had instructed him.

But he'd told the police a little more.

He'd told them how the shape of the man had formed itself against the black-ocean sky, of the sound of the waves curling and breaking, and how he had watched the man striding nearer and nearer to where he hid. How the man had suddenly looked behind him to see her running after him, calling after him.

How she had stopped as she saw him jump from the shadows and move away, run away. How he looked over his shoulder, seeing her become smaller and smaller, digested by the dark.

And how she'd waved at him. Waved at him to come back.

The man-shape over her.

cachette et s'éloigner, s'enfuir. Comment il s'était retourné pour la voir devenir de plus en plus petite, digerée par les ténèbres. Et comment elle lui avait fait signe. Fait signe de revenir à son secours.

La forme de l'homme sur elle.

Il avait continué à courir, trop effrayé, perdu par la peur. Comment il avait entendu sa voix, lointaine, une note aigüe qui aurait pu être un mot. Il l'avait entendu hurler, mais il ne s'était pas arrêté.

Comment le père Dermody n'avait rien entendu de tout cela. « Ca suffit, ça suffit! » avait craché le vieux curé à travers la grille, consumé par le feu en lui. « Prends pour pénitence ... »

De petites choses s'éparpillaient devant lui. L'herbe le caressait comme de petits doigts. Son innocence l'avait terrifié; un vase qu'elle aurait très bien pu casser rien qu'en le soulevant pour le regarder. Elle s'était servie de son corps à lui avec une voracité, une vigueur, qui l'avait souvent fait rougir.

« On ne peut pas faire ça, » lui avait-il souvent dit. « Ce n'est pas bien. »

« On peut faire tout ce qu'on veut, » lui répondrait-elle. « Il n'y a pas de péché. Il y a juste nous deux. » Se tournant vers lui, se présentant, comme un animal. Ils prenaient plaisir de l'un de l'autre.

Jusqu'au jour où elle lui avait dit c'était dangereux. Pour lui, pour elle.

« Je vais lui régler son compte, » lui avait-il dit.

« Rien ne peut lui régler son compte. » lui avait-elle répondu.

Il n'avait jamais eu l'intention de la protèger. Déjà, il était devenu fatigué de son élan physique, qui avait pris l'apparence d'une punition plutôt qu'un plaisir. Douleureux, irrité et fatigué; elle l'avait enfourché encore et encore. Il voulait de nouvelles choses, de nouvelles pensées, de nouvelles conversations. Il voulait entendre la voix d'une autre femme dans ses oreilles, ses opinions fraîches sur ceci, sur cela, ses différences. Il avait

He'd run on and on, too frightened, lost to his fear. How he'd heard her voice, distant now, a sharp note which might have been a word. He'd heard her scream, but he'd kept going.

Past the other thing.

How Father Dermody hadn't heard any of this. 'That's enough, that's enough!' the old priest had spat through the grille, consumed by a fire of his own, 'Take for your penance . . .'

Small things scuttled away in front of him. The grass caressed him like her small fingers. His innocence had been terrifying; a vase she might easily break just by lifting it up to admire it. She had used his body with a voraciousness, a vigour, that had often made him blush.

'We can't do that,' he'd often told her, 'It's wrong.'

'We can do anything we like,' she'd say, 'Nothing's a sin. There's just us.' Turning to him, presenting herself, like an animal. Enjoying each other.

Until she'd told him it was dangerous. For him, for her.

'I'll sort him out,' he'd told her.

'Nothing can sort him out,' she'd said.

He had never intended to protect her. Already, so soon, he'd grown tired of her physical momentum, which had grown the appearance more of a punishment than a pleasure. Sore, raw and tired; she had straddled him again and again. He wanted new things, new thoughts, new conversations. He wanted the voice of another woman in his ears, her fresh views on this and that, her differences. He had begun to understand the limitations of her body; that her shouts of pleasure were not expressions of anything, really. Certainly not love or affection. He wanted those things. He wanted to be with someone whose innocence he could match with his own. Whose innocence he could cherish.

That day outside Maher's pub. He'd told her that day.

'Just one more time,' she'd said. And she'd touched him on the shoulder. Anointing him. Making him her chosen one.

commencé à comprendre les limites de son corps à elle; que ses cris de plaisir n'étaient pas des expressions de quoi que se soit, vraiment. Certainement pas de l'amour ou de l'affection. Il voulait ces choses là. Il voulait être avec quelqu'un dont l'innocence égalait la sienne. Dont il pouvait chérir l'innocence.

Ce jour là, devant 'Maher's pub'. Ce jour là, il lui avait dit.

« Une dernière fois, » avait-elle dit. Et elle lui avait touché l'épaule. Le consacrant. Faisant de lui l'être choisi. « Tu es mon premier vrai petit ami, » lui avait-elle dit.

Mais il n'y croyait pas. Pas avec la façon dont elle se comportait. Pas avec les choses qu'elle faisait et lui faisait faire.

Il continua à marcher, respirant facilement et s'amusant, seul dans le champ immense.

'You are my first real boyfriend,' she'd told him.

But he didn't believe that. Not the way she went on. Not with the things she did and made him do.

He walked on, breathing easy and enjoying himself, alone in the big, wide field.

37.

Le bateau rentra, lisse avec son gréement et son mât. Penchés sur le bord, les fils des Barton luttaient, une détermination théâtrale dans chaque mouvement. Ils savaient que le monde les regardait. Chaque muscle de leurs visages posait pour les yeux de tous.

Le bateau, dans toute sa splendeur, était leur scène. Lentement il arriva, le faible soleil reflété sur chaque bout brillant; chaque anneau, boucle, serrure, fenêtre cirée; et eux se pavanant dessus, faisaient des choses qui n'étaient pas nécéssaires; les affaires du spectacle, regardant ceci, soulevant cela, mouvements rapides de la tête qui disaient : *des evènements très importants se déroulent derrière, devant, au-dessus et en-dessous de moi. Et je dois regarder, écouter, être prêt, attentif.*

Ils retiraient des cheveux plaqués, noirs ou blonds, de leurs yeux avec des doigts rugueux. Tout semblait se passer en ordre, tout semblait prévu; comme si, sur une maquette du même vaisseau, ils avaient répété et répété chaque mouvement, chaque mot, chaque angle auquel ils devaient se mettre afin d'être au soleil, chaque angle d'une mâchoire bien rasée au soleil, ou bien d'une joue soigneusement mal-rasée. Ils portaient des bottes vertes en caoutchouc, des pullovers tricotés et chers, les manches relevées jusqu'aux coude bronzé, et de nouveaux 'jeans' correctement déchirés. Ils ne ressemblaient à aucun autre pêcheur à avoir appareillé du port du petit village dans le passé.

Le théâtre de leur existence – le bateau virait , ralentissant; des cris venants d'eux et dirigés vers personne sur le quai, un d'entre eux à la proue prêt à bondir. Inutile de bondir, aurait dit Patsy Joe

37

The boat came in, sleek in its masting and rigging. Leaning over on the tack, the Barton sons straining, theatrical determination in every move. They knew the world looked on. Every facial muscle posed for the eyes of the world.

The boat, in all its beauty, was their stage. Slow it came round, the weak sun on its every shining piece; every link, clasp, lock, window, polished blank; and they strutting upon it, doing things that didn't have to be done; stage business, looking at this, lifting that, quick turns of the head which said: *Very important things are happening behind, in front, above, below me. And I must watch, listen, be at hand, on guard.*

They brushed fair or dark slicked hair out of their eyes with rugged hands and fingers. Everything seemed timed, sequenced, as if, on some model of the same vessel, they had rehearsed and rehearsed every move, word, angle of standing to catch the sun, angle of close-shaved jaw to the sun, or carefully-stubbled cheek to the waterlight. They were dressed in green rubber boots, expensive new knitted pullovers, the sleeves rolled fatly up to their bronzed elbows, new jeans roughed up correctly. They resembled no fisherman who had ever sailed out of the harbour of the village.

The theatre of their being – the boat pointing fully now, slowing; shouts from them to no one on the quay, one at the prow ready to leap. No leap at all, Patsy Joe would have said – filled all the space of the small harbour, as if no boat had ever entered it before. As if the harbour itself were a stage set against

– remplissait l'espace du petit port, comme si aucun bateau n'était jamais rentré auparavant. Comme si le port lui-même était un décor dans lequel jouerait une autre scène de leurs vies. Comme s'ils revenaient d'un lointain et long voyage. Comme si la cale du merveilleux vaisseau – qui, en elle-même était une illusion – était remplie d'épices venant d'Inde, de précieux joyaux venant de Samarkand, de baumes venant de Giliad.

Leurs avant-bras, salés, brillaient à la lumière faible. Deux, puis trois, puis un quatrième, faisant apparition sur le pont, selon des instructions de scène que personne d'autre ne pouvait entendre.

Ils avaient, dans la baie merveilleuse, fait une heure de voile et maintenant rentraient à la maison, comme s'ils avaient accompli un voyage mythique. Les passantes ralentissaient le pas pour leur jeter un coup d'oeil; les vieux les regardaient et voyaient à travers eux et au delà, ce qui était ou n'était pas. Les garçons écoliers, couverts d'acnée, les regardaient et rêvaient d'être un jour des matelots aux gros bras et aux beaux yeux, et d'avoir l'attention des filles.

Ils étaient beaux, en faisant leurs singeries entre la voile enroulée, la barre et la mât huilé. Huilé aussi, ce bond, quand il fût finalement éxecuté, de la proue jusqu'au quai en pierre.

Le grand-frère à Mary McGuinn, grognant.

Les femmes, passant lentement, n'entendîrent que le grognement.

La corde à la main, le soleil sur lui. Le monde ne le concernait pas : le monde étant éloigné de ces beaux hommes méritants, à qui le nom de famille encrait chaque contrat, chaque charte ou titre certifié pour une demi-douzaine de centaines d'années au village et tout ce qui reposait sous la montagne.

Le bateau amarré, ils étaient là, ensemble, jouant la fin de leurs rôles à voix haute. Puis ils partirent, marchant avec des signes de la main vers les chariots quatre-quatre qui les attendaient toujours, et qui n'avaient jamais été, et ne se transformeraient jamais en citrouilles.

which another scene of their lives might be acted out. As if, voyaging far and long, they had now come home. As if the hold of the marvellous vessel – which was itself an illusion – was filled with spices from India, precious jewels from Samarkand, balms from Giliad.

Their forearms, salted, glistened in the thin light. Two, now three, then a fourth, appearing on the deck according to stage-directions no one else could hear.

They had sailed in the magical bay an hour, and now were home again, like the completion of a myth. How the passing women slowed their steps to look at them; how the old men looked at them and saw through them and beyond them to what was and wasn't there. How acned schoolboys looked at them and dreamed of being sailors with strong arms and slitted handsome eyes and all the girls looking at you.

They were handsome men. As they monkeyed from ratline to furled sail to tiller to oiled mast. Oiled too, that leap, when made at last, from prow to stone quay.

Mary McGuinn's big brother, grunting.

The women, slow-passing the quay, hearing only the grunt.

The rope in his hand, the sun on him. The world was none of his concern: being far away from these handsome, deserving men, whose surname inked every deed, every certified claim and charter for half-a-dozen hundred years in the village and everything under the mountain.

The boat tied up, they stood clumped together, loud-voicing the last lines of their scene. Then they parted, walking off with backhand waves to the four-wheel-drive glistening carriages that always awaited them, that never had been, nor ever would turn into, pumpkins.

38

S'il y a un Dieu, et j'en doute, il comprendra peut-être. Je ne cherche pas à être pardonné car je ne crois pas à la rédemption. Cela te choquera peut-être, mais ça ne devrait pas, vu ton métier. Comment peut-on pardonner, un meurtrier, un violeur d'enfants? Dieu aurait-il l'affront, l'arrogance morale d'essayer? Peut-être est-ce parce que j'ai vu trop de choses trop facilement pardonnées que je ne puis voir un Dieu digne de ce nom.

Au moment où tu liras ceci, j'aurais fait ce que j'aurais du faire il y a des années. Tu pourras alors faire de moi ce que tu voudras. Le futur ne m'interesse pas. Les meilleures choses de ma vie appartiennent au passé. Je suspecte qu'un grand nombre d'entre nous avoueront quelque chose de similaire. De toute façon, ce ne sera pas la première fois que j'aurais ôté une vie, comme j'ai déjà précisé. Bien-sûr, la pensée me révolte. Mais c'est quelque chose – appelez ça faire le ménage – que je dois faire. Tu liras mes mémoirs et tu sauras, sans aucun doute, que mes raisons étaient sincères. J'ai tué de mauvaises choses. J'ai tué des choses qui ont tué d'autres choses. Peut-être pas physiquement, mais il y a de nombreuses façons de tuer quelqu'un et que la personne reste vivante. Dans ton jeu, tu seras d'accord.

Le Français était ignoble. Il se moquait d'elle, elle que j'adorais, même si je ne pouvais pas en parler. A l'ancienne? Oui, peut-être, ces jours-ci. Différent à l'époque. Il n'y a pas si longtemps, mais différent. De toute façon, elle alla le voir, lui dit qu'elle était enceinte, l'enfant était de lui – apparement, il a éclaté de rire, et lui a demandé comment elle pouvait en être sûre.

38

If there is a God, which I doubt, He may understand. I do not require forgiveness, for I do not believe in redemption. That may come as a shock to you. It shouldn't, in your line of work. How is a murderer, a rapist, a molester of children redeemed? What God would have the affrontery, the moral arrogance, to try? Perhaps it's because I have seen so many things too easily offered redemption that I cannot see a God worthy of the name behind it all.

By the time you read this, I will have done what I should have done years ago. You, then, can do what you will with me. I have no interest in the future. The best things in my life belong to the past. I suspect a great number of us might admit something similar. In any case, this is not my first time to take a life, as I've made clear. The thought of doing so fills me with revulsion, of course. But it is something – call it a house-cleaning – that must be done. You will read my journal and know, beyond any doubt, that my motives were true. I killed bad things. I killed things that had killed other things. Perhaps they hadn't done so quite as physically, but there are many ways to kill someone and yet they remain living. In your game, you'd agree with me.

The Frenchman was despicable. He laughed at her, she whom I adored though I could not speak. Old-fashioned? Yes, perhaps, in this day and age. Different then. Not so long ago, but different. In any case, she went to him, told him she was pregnant, the child was his – he guffawed, it appears, and asked her how she could be sure of that. She nearly went mad with anger, grief, terror: you

Elle avait failli devenir folle de colère, de tristesse, de terreur : tu auras, sans doute, vu un mélange de ces choses sur le visage de beaucoup de tes clients. Reste avec moi, elle implora, au moins pour voir naître l'enfant. Ce n'est pas si sérieux que ça, lui avait-il dit; tu peux t'en débarrasser. Pourquoi gâcher ta vie?

Imagine, si tu le peux, sa réaction. En ces temps là, au village. Comme si personne n'allait s'en rendre compte. La tante malade en Angleterre, que tant d'Irlandaises s'étaient soudainement acquises. Ils sauraient. Elle serait ruinée. Il serait parti. Il n'en avait rien à faire d'elle. Il s'était bien amusé. Je suis allé le voir, je l'ai tapé dans le dos comme un vieil ami, je lui ai dit qu'il fallait qu'il voie le rocher au sommet de la montagne. Je l'ai mené jusqu'au sommet, je lui ai montré la vue sur les îles et le vieil autel en pierre et je l'ai tué avec la plus grosse pierre que je puisse trouver.

Il n'est pas mort tout de suite. Il a fallu que je défonce son crâne entêté de Gaulois. J'y suis retourné au milieu de la nuit – j'aimerais bien te voir essayer ça, l'effort, la fatigue – et je l'ai enterré plus ou moins sous-même le rocher. Ironie d'ironies! C'est presque drôle.

La bonne chose à faire? Je m'en fous. Je désirais vengeance, pour moi, pour elle. Et c'est tout. Je l'ai vue aller voir ce fou-furieux, cet animal, et trouver son sanctuaire là, en enfer. C'est là que j'ai su qu'il n'y a pas de Dieu. Juste une série d'enfers, avec de différents degrés de sévérité. Il l'a acceptée, ne pouvant croire à son ivre chance. Mais je crois vraiment qu'il a essayé de l'aimer, à sa façon. Il savait que l'enfant n'était pas le sien. Ça a du le rendre fou, cette fierté qu'il avait. Je n'ai aucune excuse pour ce qui est arrivé après ça.

Qui sait ce qui se passe entre un homme et une femme dans l'intimité de leur propre lit? Qui peut nous dire quand l'amour devient haine; quel mot, phrase, geste, crée l'alchimie? Ca ne fait rien. Il lui a tourné le dos. Il est parti autre-part. Elle l'a enduré, puis elle est morte. Même pendant que les gens cognaient à sa porte pour être guéris de leur rhumatismes au toucher de sa main. Puis ils sont allés à sa fille. Ils croyaient ce qu'ils voulaient. Meilleur que foi, cela.

will, no doubt, have seen combinations of these things on the faces of many of your clients. Stay with me, she implored him, just see the child born, at least. This is not so serious, he told her; you can get rid of it. Why ruin your life?

Imagine, if you will, her reaction. In those days, this village. As if no one would know. That sick aunt in England that so many Irish girls suddenly acquired. They'd have known. She would be ruined. He would be gone. He cared not a whit for her. He'd had his fun. I went to him, slapped him on the back, great pals altogether, said he'd just have to see the stone at the mountain's top. I took him up to the very top of the mountain and showed him the view of the islands and the old altar stone and I slew him – what a word! – with the biggest rock I could find.

He didn't die at once. I had to cave in that stubborn Gallic skull. I went up again at the dead of night – try doing that, the effort, the exhaustion – and buried him more or less under the stone itself. Irony of ironies! It's almost funny.

The right thing to do? I don't care. I wanted revenge, for myself, for her. That's all there was to it. I watched her go to that madman, that animal, and find her sanctuary there, in Hell. I knew then there was no God. Just a series of Hells, and their degrees of strictness. He took her in, couldn't believe his drunken luck. But I do believe he tried to love her, in his fashion. He knew the child wasn't his. It must have driven him insane, that pride he had. I don't make excuses, mind you, for what came after.

Who knows what goes on between a man and a woman in the seclusion of their bed? Who can say when love becomes hate; what word, phrase, gesture, makes the alchemy? It doesn't matter. He turned from her. Went elsewhere. She endured it, then died. Even as people knocked on her door to be healed of rheumatics at the touch of her hand. Then they went to her daughter. They believed what they wanted to believe. Better than faith, that is.

I will go there and finish the job. He has become loathsome and no one will miss him. The world will be a better place with him gone. You know what went on in that house. If you don't, then just ask. I'll tell you anyway, even if the others don't.

Je vais y aller et finir mon travail. Il est devenu répugnant et personne ne le manquera. Le monde sera un meilleur endroit quand il sera parti. Tu sais ce qu'il s'est passé dans cette maison. Si tu ne le sais pas, tu n'as qu'a demander. Je te le dirai, de toute façon, si les autres ne te le disent pas.

J'avoue avoir tué le Français qui a violé la femme que j'aimais. J'avoue – d'avance – que je serai coupable du meurtre de l'animal qui a violé sa fille. Je l'aurais fait deux fois. N'aie donc pas pitié de moi, et ne me tourne pas en quelque sorte d'histoire de moralité. Ma vie a été ma pénitence. Tu sauras où me trouver.

Maintenant fais ton boulot.

Je te remercie.

Fred Johnston

I confess freely to the murder of the Frenchman who violated the woman I loved. I confess – in advance – to the murder of the animal who violated her daughter. I would do either or both again. Do not pity me or make me into some kind of morality tale. My life was my penance. You know where to get me.

Now, just do your job.

You have my thanks.

39

Manny était agenouillée devant une châsse éclairée par la lumière d'une bougie. Sur l'autel, une photo. Dans la photo, un homme et une femme habillés à la manière d'il y a soixante ans : un bonnet au bords larges, un sourire de fillette; l'homme chic dans son uniforme. Derrière eux, des arbres noirs et blancs; un parc. Un chemin qui s'étendait aux horizons infinis de la photo. Sans direction, un chemin qui venait de nulle-part et menait nulle-part. Un jour comme n'importe quel autre, des taches plus claires indiquant un soleil bien haut.

Manny alluma ses bâtons d'encens, attendît que les bouts rouges luisent tout-seuls, et les installa de chaque côté de la photo, sur leurs encensoirs couverts de cendres. Comme chaque fois, depuis le premier jour où elle avait vu la photo – précisément, le jour où on lui avait donné – elle se demanda où elle avait été ce jour là, et avec qui. Une tante. Une grand-mère. Personne ne savait. Elle ne saura jamais. Cette absence était, parfois, comme un trou au-travers duquel en vent froid soufflait.

Odeur d'encens dans la pièce, ficelles de fumée d'encens grimpantes vers le noir au-dessus de la lueur de la bougie. Si elle ressemblait à un d'entre eux, c'était l'homme, ses hauts-sourcils, ses yeux écartés.

Cendre s'amassant sur le bâton d'encens, tombant sous son propre poids, formant une nouvelle pile. Cette châsse était son secret. Personne au village ne l'avait jamais vue, ni n'y avait jamais été invité. Les secrets, c'est important.

39

Manny knelt by a candle-lit shrine. Upon its rickety altar sat a photograph. In the photograph, a man and a woman, dressed in the fashion of 60 years ago: a wide-brimmed hat, a girlish smile; the man smart in a uniform. Behind them, black-and-white trees; a public park. A park road that stretched to the infinite horizons of the photograph. Without direction, a road that came from nowhere and led nowhere. A day like any other, lighter patches in the photograph indicating a high, reluctant sun.

Manny lighted her sticks of incense, waited until the red tips glowed by themselves, set them either side of the photograph, in their ash-drowned holders. As every time before, from the very first day she'd seen the photograph – been given it, to be precise – she wondered where she had been on that day, and with whom. Some aunt. A grandmother. No one knew. She would never know. This absence was, at times, like a hole through which a cold wind blew.

Odour of incense in the shadowed room, strings of incense smoke climbing into the dark above the candlelight. If she resembled either of them, it was the man she favoured, his high brow, his wide-set eyes.

Ash gathering on the incense stick, falling under its own weight, making a small new pile. This shrine was her secret. No one in the village had ever seen it, nor ever been invited. Secrets were important.

As always, she looked at the photograph and thought, out loud, 'Which of you died first?'

Comme toujours, elle regarda la photo et se demanda haut et fort :

« Lequel d'entre vous est mort en premier?»

Encore un silence, comme tous les autres lui répondît : *Silence*. Une sensation bien confortable, pourtant, de regarder leurs visages; leurs sourires : à disparaître bientôt et pour toujours. Mais il y *eût* un parc, un jour ensoleillé, et des arbres, même pour eux. Même si elle était en dehors de l'image, dans les bras d'une autre relation de famille, de façon à ne pas distraire, embêter, dérouter qui que se soit qui prenait la photo, elle s'imaginait juste en dessous du cadre de la photo, les regardant de l'intérieur, avec des yeux d'enfant; voyant ce qu'elle voyait maintenant, mais en couleur avec du son, au dela du cadre, les bruits d'un parc public : des enfants, du bavardage, des oiseaux, la brise dans les feuilles des arbres, un bruit de voiture au loin.

L'encens lui remplit les narines, lui irrita les yeux. Elle se recula de sa châsse modeste. Son nom à lui avait été Misha, voilà tout ce qu'elle avait appris. Son nom à elle n'était qu'un autre mystère, ni foudroyant ni intriguant.

Lequel d'entre vous est mort en premier?

Manny se leva. La nuit soufflait en rafales, des coups de vent frappaient aux fenêtres. On ne pouvait s'asseoir devant cette photo qu'un bout de temps. Puis ça devenait insupportable. On pouvait voir la mort s'installer dans leurs visages. On pouvait s'entendre respirer.

Elle alla à la fenêtre. Une lune inquiète, presque pleine, glissait derrière les nuages hauts et frénétiques. Le père Dermody passa près de la fenêtre, et il lui fît le bonjour. Descendant la sombre rue, son grand gabarit trainait. *Un bel homme*, pensa Manny.

Elle se prépara une infusion de camomille, ce qui la réchauffa et la détendit, tenant la tasse de ses deux mains.

Another silence, like all the others, came back in answer: *Silence*. A feeling of comfort though, looking at their faces; their smiles: soon to vanish forever. But there *was* a park, a sunny day, and trees, even for them. Even if she was out of the picture, in some relative's arms, so as not to distract, annoy, deflect whoever took the photograph, she felt that perhaps she was just under the rim of the photograph, staring at them from inside it, with infant's eyes; seeing what she saw now, but in full colour and hearing beyond the rim the other assorted sounds of a public park: children, talk, birds, a breeze in the leaves, distant traffic.

The incense filled her nostrils, irritated her eyes. She sat back from her modest shrine. His name had been Misha, that was all she had ever learned. Her name was merely another mystery, not startling or intruiging of itself.

Which of you died first?

Manny rose up from the shrine. The night was blustery, gusts whapped the windows. You could sit by that photograph only for so long. Then it was unbearable. You could see the deaths to come in their faces. You could hear your own breathing.

She went to the window. A fretting moon, almost full, slipped in and out of high, frantic clouds. Father Dermody passed close to the window, and he waved. Down the darkening dip of the village his big frame trundled. *A handsome man*, Manny thought.

She made herself some camomile tea. It was warming, soothing, and she held its glass in both hands.

40

Le son d'une porte qui s'ouvre. Un noir total derrière ses paupières : une illusion de paix.

Dans les autres chambres de son coeur – ou, peut-être, les chambres de sa maison délabrée – quelque chose d'étrange qui n'était pas le bienvenu s'approchait de lui. Il y eût un moment, bref qu'il soit, dans lequel il vît la forme d'un homme dans la demi-lumière. Il essaya de bouger, de lever les bras, les jambes, la tête; mais son corps l'avait abandonné. Puis le sol étranger du visage de l'homme s'ouvrît vers lui. Dans l'air odorant et nocif de sa chambre, rempli de péché et de l'odeur et l'humidité du péché, le visage bienveillant de cet homme se pencha sur lui.

« Toi, » croassa-t-il. « Tu m'as fait peur. »

Une sorte de paix revînt sur lui. Le croissant de lune doux, comme de la guimauve à travers la sale fenêtre, le bruit des vagues au loin, sur le rivage : ces choses là le calmaient. Des forces juteuses retournèrent dans ses bras, et il en passa un derrière sa tête.

« Tu pues, » dit l'homme, son visage aussi clair, aussi près, que le souffle d'un vent léger.

Au début, il ne l'entendait pas bien. Les mots lui passèrent à travers faiblement, comme si de très loin, où les hommes parlaient en chuchotant. Puis l'atrocité de la phrase le choqua. Mais où il cherchait rage, il n'en trouva pas; un puits à sec, un désert où auparavant se trouvait une oasis à laquelle il pouvait retourner, joyeusement, jour après jour, travaillant sa chair blanche à elle, le maigre gras de ses fesses.

Merd-a-merd-a-merd-a-merde-merde!

40

The sounds of a door opening. Utter black behind his eyelids: an illusion of peace.

Out in the other rooms of his heart – or, perhaps, the rooms of this shattered house – something strange and unbidden made its way towards him. There was a moment, so brief, in which he saw in the groaning half-light the shape of a man. He tried to move, to lift his arms, his legs, his head; but his body had given him up. Then the alien ground of the man's face opened to him. In the odorous, noxious air of her bedroom, filled with sin and the smell and damp of sin, this man's kindly face leaned over his.

'You,' he cawed. 'You scared the life out of me.'

Again, a sort of peace returning. The soft, marshmallow crescent of the moon in the filthy glass of the window, the distant *shush-sheesh-shush* of the waves on the shore: things to quieten him down. Strength of a watery sort flooded his thin arms, and he crooked one behind his head.

'You stink,' the man said, his face as clear, as close, as a breath of light wind.

He didn't hear him properly at first. The words came through to him faintly, as if from very far away, where men spoke in whispers. Then the outrageousness of the phrase smacked him. But when he looked for rage, he found none; a well run dry, a sandy place where there had once been an oasis to which he could return, happily, day upon day, working it all out on her white flesh, the thin fat of her buttocks.

Fuck-a-fuck-a-fuck-a-fuck-fuck!

A la place de la colère, il trouva une peur, froide et coulante. Le visiteur était grand, même s'il le connaissait déjà. Et pourquoi était-il venu? Il ne voulait pas de condoléances; pas de pitié, pas de considération. La pute était partie, comme le font les putes, après tout. Le monde savait cela.

« Je ne veux pas de ta pitié, maintenant, » dit-il.

« Je ne t'en apporte pas, » dît l'homme.

Voilà qui était une étrange, pour ne pas dire déconcertante chose à dire. Il essaya de se redresser dans son lit, chaque mouvement tirant une ignoble odeur de sueur et de sperme de son pantalon. Il avait la bouche sèche et son coeur protestait violemment contre ses reins maigres.

Une chose encore plus étrange et déconcertante arriva. L'homme s'assit sur lui. Un homme lourd, habillé en noir. Un homme qu'il connaissait, et voilà ce qu'était un comportement très bizarre.

Il ne pouvait plus respirer. Où du moins, plus très bien. L'homme appuyait sur son abdomen. Il sentit sa vessie enfler. L'homme se pencha sur son visage; comme des amoureux dans le noir gras. Leurs visages, si près, promettaient baisers, intimités.

« Tu es un animal, tu l'as toujours été, » dit le visiteur.

« Quoi? » dit-il. Il ne pouvait penser à rien d'autre à dire. Il n'avait pas assez de souffle pour dire autre chose.

« A-ni-*mal*, » entonna le visiteur, exagérant chaque syllabe; comme une prière.

La douleur grimpait de son ventre aplati, de la constriction dans sa poitrine. Tout allait de travers, il se sentait sans-défense.

« Tu as tué tout ce qui était bon dans ce monde, » chanta le visage près du sien. « Tu aurais dû être étouffé à la naissance, que Dieu me pardonne. »

Il regarda l'homme au dessus de lui et se demanda comment il pouvait dire de telles choses. Il se sentait soudainement, intolérablement triste. Il avait besoin de confort, de quelqu'un ou de quelque chose, à boire, un dernier toucher des doux seins de la fille, n'importe quoi. Mais il ressentit son monde devenir plus petit; comme si le visiteur le tenait dans son poing et le serrait.

In place of anger, he felt a cold, trickly fear. The visitor was big, even if he did know him. And why had he come? He didn't want anyone condoling with him; he wanted no man's pity, no man's consideration. The bitch had gone, which is what bitches did, after all. The world knew that.

'I don't want your pity, now,' he said.

'I didn't bring any,' the man said.

Now that was a very strange, not to say disconcerting, thing to say. He tried to sit up in the bed, each twitch and jerk bringing up a foul sweat-and-sperm stench from deep in his trousers. His mouth was dry and his heart protested violently against his thin ribs.

An even stranger and more disconcerting thing happened. The man sat upon him. A heavy man, dressed in black. A man he knew, and this was a very odd way to behave.

He couldn't breathe. At least not very well. The man was pressing down on his abdomen. He felt his bladder bloat. The man leaned into his face; they were like lovers in that greasy dark. Their faces, so close, promised kisses, intimacies.

'You are an animal, always were,' said the visitor.

'What?' he said. He could think of nothing else to say. He hadn't wind for anything else.

'An an-ee-*mal*,' the visitor intoned, drawing out each syllable; like a prayer.

Pain crawled upwards from his flattened belly, from the constriction in his chest. Everything was wrong, and he felt helpless.

'You killed everything that was good on this earth,' chanted the face close to his face. 'You should have been smothered at birth, God forgive me.'

He stared up at the man and wondered how he could say such things. He felt, suddenly, intolerably sad. He craved comfort, of someone or something, a drink, a touch of the girl's soft breasts again, anything. But he felt his world begin to shrink; as if the visitor held it in his fist and squeezed. Thoughts came into his head which he would rather didn't. The man smelled vaguely of Bay rum.

Des pensées lui vinrent en tête qu'il aurait mieux aimé ne pas avoir. L'homme sentait vaguement le rhum.

« Qua . . .?» dît-il; pas un mot, plutôt une exhalaison.

Il lutta, essayant de se dégager du grand homme sur lui, mais rien ne se passa. Il se vît alors un homme gâché, une momie allongée dans l'horreur de sa propre sueur et son gâchis – car maintenant, incroyablement, il se pissait dessus.

« Ce que tu as fait, pendant toutes ces années, à cette enfant,» dît le visiteur. « Le monde lui crachait dessus! Les feux de l'enfer sont trop bons pour toi!»

Alors ça, c'etait effrayant. Maintenant, il luttait en panique, tirant les dernières forces de ses os gâchés, de ses nerfs morts. Il savait en quoi croyait cet homme. Il vît par dessus ses épaules les journaux, la crasse, les détritus, le papier-peint pelant qui s'étaient assemblés dans son coeur plein de haine. Il voulait dire, supplier : *Cette maison a aussi connu la joie, les bons temps!* Mais aucun mot ne voulait s'accumuler sur sa langue sèche. Ça lui rappelait un homme dont il avait lu l'histoire à l'école, brûlant en enfer, appelant un ange pour qu'il lui mette une goutte de salive dans la bouche pour guérir sa soif enragée. Maintenant l'ange, penché sur lui, se moquait de lui.

Un son vînt de la gorge du visiteur, monta à sa bouche, passa ses larges et somptueuses lèvres. Un bien bel homme à l'époque, toujours beau.

Il y avait quelque chose de tendre dans ces derniers mouvements. Le visiteur ne lui offrît pas d'autre mot. Le gros poids humide de l'oreiller, noircissant tout, lui tomba sur le visage et lui pressa dessus comme s'il pesait le poids du monde entier. Il se tortilla et hurla, l'oreiller leva de son visage, il vît à nouveau le visage du visiteur, les larmes folles. Il essaya de dire quelque chose, des mots magiques qui lui sauveraient la vie. « Je n'ai pas . . .» était tout ce qu'il pût dire.

« *Absolve te!*» cria le visiteur.

Les murs semblaient trembler. Le désespoir de l'endroit semblait émettre des ricanements; la maison se moquait de lui. Du plafond gouttait un lichen vert-noir, avec une substance de

'Wha . . . ?' he said: a mere exhalation, not a word at all.

He struggled, tried to throw the big man off, but nothing happened. He saw himself then, a wasted, shrivelled mummy of a man, lying in the horror of his own sweat and waste – for now, unbelievably, he was pissing himself.

'What you did, all those years, to that child,' said the visitor. 'The world spat on her! The fires of Hell are too good for you!'

Now, that was frightening. He struggled in a panic, now, dragging energy out of wasted bones, dead nerves. He knew what this man believed, thought. He saw over the man's shoulder the newspapers, grime, detritus, peeling wallpaper that had gathered in his angry heart. He wanted to say, to plead: *This house knew laughter, too, good times!* But no words accumulated on his dry tongue. He was like a man he'd read about in school, burning in Hell, calling to an angel to put a drop of spit on his tongue to heal his raging thirst. Now the angel, leaning over him, mocked him.

A sound came from the visitor's throat, up into his mouth, out past large, sumptuous lips. A fine man in his day, a handsome man still.

There was something gentle about those last movements. The visitor offered him no further words. The fat, damp weight of the pillow, blackening everything, fell on his face, pressed down upon him as if it weighed the weight of the world itself. He squirmed, squealed, the pillow lifted, he saw the visitor's face again, the mad tears. He tried to say something, magic words that would save his life. 'I didn't . . .' was all he could manage.

'*Absolvo te!*' the visitor shouted.

The walls of the room seemed to shake. Sniggers seemed to emanate from the despair of the place; the house was laughing at him. The ceiling dripped a black-green fungus, flesh-substanced, which seemed to fill up the empty spaces in the dark over the big man's shoulders. Terrible life rose out of the dead, violated room; where she in her loveliness had gone face-down into the pillow that was now pressing down on him. He could smell her in it. Hear her whimper in the brown, rotted fabric.

The pillow came down again, a rock rolling over a tomb. Now

chair, et il semblait remplir tous les vides dans le noir au dessus des épaules de l'homme. La chambre morte, violée, prenait une terrible forme de vie; où elle dans toute sa beauté, avait mis le visage dans l'oreiller qui maintenant l'étouffait. Il sentait son odeur dedans. Il pouvait l'entendre pleurnicher dans le tissu marron et pourri.

L'oreiller revint sur lui, un rocher roulant sur une tombe. Maintenant il chia dans son pantalon. Il tenait encore une mince tranche de dégout envers lui-même. Peut-être que c'était un genre de rédemption.

Il se détendît, pensant aux choses qui lui venaient sous forme d'images, de visages, du visage de la fille, du visage de la mère, des images qui tombaient vers des ténèbres qui, à leur tour, tombaient vers d'autres ténèbres, et ainsi de suite.

Mourant, il y avait une petite partie de lui – la rétine de ses yeux, peut-être – sur laquelle subsistait, comme les dernières cendres d'un feu réchauffant, le visage du grand curé. Le son que faisaient les larmes en descendant le visage du vieil homme – étonné à la fin par le fait que les larmes ont un *son* – était apaisant, rafraîchissant. Il les laissa entrer dans sa bouche, ses lèvres s'écartant sur ses dents cassées, marron et charnues.

La chambre était propre maintenant, depuis qu'elle y était entrée. Ses cheveux, sa taille mince et chaude. La façon dont elle bougeait dans la chambre, réparant ceci, arrangeant cela, mettant de l'ordre entre les pages chaotiques.

Oh, elle était à croquer, dans la lumière nouvelle de la chambre, la chambre propre, avec la mer chatouillant les coquillages et les rochers, par dessus les cadavres de navires morts, les tonneaux de vin Espagnol, les cadavres démolis par les crabes de pêcheurs noyés. Elle lui leva la tête et il respira l'odeur de ses jeunes seins.

Il dormit.

he shat himself too. He held on to a sliver of self-disgust. Perhaps that was a form of self-redemption.

He relaxed, thinking of things that came to him as images, faces, the girl's face, the mother's face, images that fell away into a gathering darkness which itself fell into another darkness, and so on and so forth.

Dying, there was a small part of him – the retina of his eyes, perhaps – upon which lingered, like the last gutterings of a warming hearth-fire, the big priest's streaming face. The sound of those tears as they made their wet way down the old man's face – tears, he was astounded to discover at the end, make a *sound* – was soothing, cooling. He took them into his mouth, his lips parted on broken, brown shards of teeth.

The room was nice and tidy now, since she'd come in. The hair of her, the thin, warming waist. The way she moved around the room, fixing this, arranging that, pressing order between the pages of chaos.

Oh, she looked good enough to eat, in the new light of the room, the clean room, with the sea tickling over the shells and rocks, over the bodies of dead ships, casks of Spanish wine, crab-nettled cadavers of drowned fishermen. She raised up his head and he breathed in the odour of her young breasts.

He slept.

41

Les nouvelles de l'arrestation remplirent la cuisine de chez Mary McGuinn ce matin là avec toute l'excitation de l'anniversaire d'un enfant, un anniversaire de mariage. Elle se surprenait elle-même avec son énergie, son enthousiasme.

Elle entra dans la cuisine, la sonnerie du téléphone résonnant encore dans le couloir et annonça : « Ils ont arrêté quelqu'un ! »

Le jeune journaliste la regarda. Elle était ravissante ce matin là, d'une façon simple. Ses cheveux étaient noués, mais desserrés ; son gros ventre retenu par une blouse tachée. Sa fille se pavanait à côté d'elle, un poison-pilote souriant. Il regarda Mary, conscient du fait que sa bouche était remplie de pain grillé à moitié maché. Il sentait les miettes chatouillant ses lèvres et sa bouche.

C'est comme ça que nous sommes réellement, se dît-il, *quand il n'y a pas de séduction autour de nous pour nous pour nous décevoir, nous enchanter. C'est comme ça que nous sommes.*

« Mmm, » dît-il.

« Oh, je suis désolée, vous êtes en train de manger, » dît Mary McGuinn.

La petite fille tirait les manches. La sensation de la vie de famille – du fait qu'il en faisait si facilement partie – était étrange. C'était nouveau pour lui, il ne savait pas quoi en faire. Il pensa aux familles qu'il avait interrogées – combattant leur tristesse, les envahissant, les interrogeant sous la lampe de leur anxiété, se bâtissant une réputation, de la tragédie pour nous distraire – et il était choqué par la sensation de honte. Mary Mc Guinn se pencha

41

News of the arrest filled Mary McGuinn's morning kitchen with the excitement of a child's birthday, a wedding anniversary. She surprised herself with her energy, her enthusiasm.

Marching into the kitchen, the ringing of the phone still an echo in the hallway, she announced, 'They've arrested somebody!'

The young journalist looked up at her. She was lovely in a plain way this morning. Her hair was tied up, but loosely; her bulging belly held in by a stained smock. Her daughter pranced beside her, a smiling pilot-fish. He looked up at Mary, aware hopelessly that his mouth was filled with half-chewed toast. He could feel the itch of crumbs on his lips and around his mouth.

This is how we really are, he thought to himself, *when there is no glamour around us to deceive and enchant. This is how we are.*

'Mmm,' he said.

'Oh, I'm sorry, you're eating,' Mary McGuinn said.

The little girl beside her tugged at his sleeve. The sense of domesticity – of his being so easily part of ordinary people – was a curious feeling. New for him, he did not know what to do with it. He thought of families he'd interviewed – fighting against their grief, invading them, interrogating them under the lamp of their anguish, making a name for himself, tragedy as entertainment – and felt shocked at the rise of a sense of shame. Mary McGuinn leaned over him, and a light odour, indefinable, came out of her swollen belly; tart, like iodine, like the sea.

He made himself look industrious, involved; pushing back his chair; careless wiping of his lips.

sur lui, et une faible odeur, qu'il ne pouvait décrire, sortit de son gros ventre; iodée, comme la mer.

Il fit semblant d'être industrieux, impliqué; reculant sa chaise; s'essuyant la bouche.

« Où et qui? » demanda-t-il.

Mary s'écarta de son chemin; elle aussi jouait son rôle. Elle écarta aussi sa fille. Elles le regardaient. Des femmes regardant un homme partir en guerre. Il était conscient de leurs yeux observant chacun de ses mouvements.

Mary McGuinn, en le regardant pensa : *il est tant comme un garçon partant pour son premier match de 'Hurling'. Comme ils ont tous l'air innocent, d'un certain point de vue.* Elle le suivît un peu vers la porte de la cuisine.

Le soleil frappait le couloir comme une menace.

« Je ne sais pas, » dît Mary. « C'était juste mon mari au téléphone pour me dire . . . »

Le jeune journaliste avait mis son blouson. Elle était gênée de devoir parler de son mari. Elle n'avait pas voulu le faire; elle aurait pu dire autre chose, lui transmettre l'information d'une façon différente. Ce n'était pas elle qui avait attiré son mari dans tout cela – comme un sort contre l'infortune ou le danger – mais quelque chose d'autre en elle. Ça avait été une réaction, comme une allergie. Le corps, quelque chose au delà du corps, plus primitif qu'une sensation comme l'amour, s'était levé pour la protéger, elle et sa famille. Elle se sentait mal à l'aise. La partie d'elle qui voulait redevenir une jeune fille la mettait mal à l'aise.

« Je vais vous donner des sandwiches, » lui dît-elle.

« Ça ira, » il souria, en sortant.

Maintenant il s'était vêtu d'une cape magique qui le rendait invisible pour elle; elle prenait soin de lui, mais l'homme-garçon à la table de sa cuisine était parti. Comme de nulle-part était sorti cet homme rapide et défiant qui ouvrait la portière de sa voiture, allumait le moteur, reculait le véhicule, la tête tournée en arrière, et accélérait jusqu'au moment où le son du moteur s'était évaporé dans le lointain. Elle resta à la porte, sa fille à son côté. Elle pensa à son mari l'appelant à propos de l'arrêt. D'une manière, il

'Where and who?' he said.

Mary moved out of his way; she too played her role. She tugged her daughter aside. They watched him. Women watching a man go off to war. He was aware of their eyes on his every move.

Mary McGuinn looked at him and thought: *How much like a boy he looks, going off to his first hurling match. How innocent they all look, in a certain light.* She followed him part of the way to the kitchen door.

Sunlight belted down the hallway like a threat.

'I don't know,' Mary said. 'That was my husband just, ringing to say . . .'

The young journalist had his jacket on. She felt embarrassed to have mentioned her husband. She hadn't meant to; she could have said anything else, conveyed the information in a different way. It wasn't she who had dragged her husband into it – like a hex against misfortune or danger – but some other thing inside her. It had been a reaction, like an allergy. The body, something beyond the body, more primitive than a feeling like love, had risen to protect her and her family. She felt uncomfortable. The parts of her who wanted to be a girl again made her feel uncomfortable.

'I'll give you some sandwiches,' she said to him.

'I'm fine,' he smiled, going out the door.

Now he had put on a magic cloak and become invisible to her; she looked after him, but the boyish man at her breakfast table was gone. Out of nowhere sprang this quick-limbed, defiant man who snapped open the door of his car, revved the engine, reversed the vehicle with a turn back of his head, accelerated off until the sound of the car had evaporated in the distance. She stood in the doorway, her daughter at her side. She thought of how her husband, calling her about the arrest, had really been calling the young journalist, in a manner of speaking. The information was meant for him, not for her. Men working together, as if she were not there at all.

She looked up. The mountain's sharp peak, crowned with its

appelait vraiment le jeune journaliste. L'information était pour lui et non pas pour elle; deux hommes travaillant ensemble, comme si elle n'existait même pas.

Elle leva les yeux. Le sommet pointu de la montagne, couronné par sa dalle en pierre à peine visible, touchait les occasionnels nuages bas, trempant dedans comme le doigt d'un enfant dans de la crème-dessert.

Elle voulait y monter. Elle voulait faire quelque chose de païen et de sauvage, elle voulait donner naissance à son bébé sur le rocher plat de l'autel. Le bébé donnait des coups de pied dans son ventre. Elle se voyait, les jambes écartées vers le monde, saignante sur le rocher, le sang retournant à la terre. Une légère excitation lui remplit la gorge, une légère intoxication. Elle prit sa fille par la main et rentra dans la maison.

Elle remplit le vide dans sa cuisine – son assiette, sa tasse, son pain grillé à moitié mangé, abandonnés et mélancoliques sur la table – grâce à la radio allumée à fond. Elle débarrassa la table, fit des choses.

Quelquefois, pensa-t-elle, *il n'y a rien à espérer. Même notre corps ne nous laisse pas rêver.*

Ses mains, ses doigts, labourant les bulles savonneuses dans l'évier, leur teint bleu-blanc tiède et immédiat. La musique venant de la radio grondait, sifflait, hurlait. Mary McGuinn comme une figurine dans un tableau hollandais, le ventre gros, bien illuminée – de la vieille lumière – penchée par-dessus l'évier pour toujours.

scarcely visible slab of stone, prodded the occasional low cloud, dipping into it like a child's finger into a bowl of custard.

She wanted to go up there. She wanted to do something pagan and wild. She wanted to give birth to her baby on the flat altar stone. The baby kicked inside her. She saw herself, open-leggéd to the world, bleeding on the rock, into the earth. A giddy excitement filled her throat, a light intoxication. She took her daughter by the hand and went indoors.

The emptiness in the kitchen – his plate, cup, half-eaten toast, forlorn and mournful on the table – she filled with loud music from the radio. She cleared the table, did things.

Sometimes, she thought, *there is nothing to hope for. Even your own body won't let you dream.*

Hands, fingers, clawing at the suds in the sink, their light blue whiteness warm and immediate. The music from the radio roared, hissed, screeched. Mary McGuinn, posed as a figure in a Dutch painting, big-bellied, with good light around her – old light – leaning over a kitchen sink forever.

42

« C'était de la grêle? » murmura-t-il. Le détective porta sa tasse jusqu'à la fenêtre. Le ciel avait l'apparence tachetée de chair décomposée, avec toutes ses nuances de gris et de bleu-noir. On ne pouvait voir le sommet de la montagne. Sur le bureau derrière lui, une des plus curieuses choses : une déposition signée par un des locaux, et un os long et courbu dans un sac en plastique hérmétique; tous deux destinés pour de plus grandes authorités.

Il avait lu la déclaration. « En voilà une pour les annales, » avait remarqué le policier du village.

Tout avait pris fin, pourtant, avec la grêle s'écrasant contre la vitre sale et un ciel bas et maussade. Et l'autre pauvre gars dans la cellule. Comme si les mystères n'étaient plus des mystères, ne tenaient plus de promesse.

Le secret n'étant plus, il se sentait allégé. Peut-être que plus tard dans l'après-midi, il ferait un tour à l'école. Si la grêle, où quoi que ce soit, s'arrêtait de tomber. Si le soleil sortait. Si la journée changeait, rien qu'un peu.

L'arrestation n'avait pas été dificile. Il avait eu l'air soulagé, ce qui n'était pas dur à croire, et ils avaient décidé de ne pas lui mettre les menottes et ce genre de choses. Il avait même refusé qu'on lui cache le visage. Comme s'il n'en avait plus rien à faire depuis longtemps.

C'était justement ce qu'il avait dit, la voiture s'éloignant de chez lui – ces visages qu'il laissait derrière lui, leurs regards fixés sur la voiture, avec tant de tristesse s'accumulant, comme une arme se chargeant. Se tournant vers le détective, il avait dit, « Je n'en ai plus rien à faire, depuis longtemps. »

42

'Was that sleet?' he murmured. The detective carried his mug to the window. The sky had the mottled appearance of decomposed flesh, all shades of grey and blue-black. The top of the mountain could not be seen. On the desk behind him was a most curious thing: a signed statement from a local man, a couple of days old, and a long curved bone in a sealed plastic bag; bound for greater places, higher authorities.

He'd read the statement. 'Now, there's a turn-up for the books,' the local policeman had commented.

It had all ended, however, in sleet fattening on the dirty window pane and a low, intensely sullen sky. And that other poor divil in the cell. As if even mysteries were no longer mysteries, had no promise.

The secret made flesh; he felt unburdened, lighter. Perhaps he'd wander up to the school later in the afternoon. If the sleet stopped, or whatever it was. If the sun came out. If the day changed, just a little.

Taking him in had been no problem. He'd looked relieved, which was not extraordinary, and they'd decided against handcuffs and that sort of thing. He'd even declined the jacket over the head. As if he no longer cared. Or hadn't cared for a very long time.

That's what he'd whispered, in fact, as the cars moved away from his door – those faces he left behind him, staring, so much grief building up it was like a gun being loaded. Turning to the detective, he said, 'I don't anymore care. Not for a very long time.'

C'était une bien curieuse chose à dire. Mais pas inhabituel. Les gens, à découvert, trouvaient de bizarres choses dans leur bouches, comme de petits cailloux qu'ils crachaient. Il pleurnicha un peu à l'arrière de la voiture, mais ça aussi c'était normal. Un assassin assez normal, pensa le détective quand ils descendaient la rue, la face marron de la montagne derrière et au-dessus d'eux; le jeune journaliste les attendait.

« Rien à dire, » dit le policier, ressentant son authorité.

Le jeune journaliste trouva la porte du poste de police refermée à son nez.

« Il peut aller se faire foutre, » dit le policier, ne parlant à personne, se gonflant un peu. Il avait été à l'arrestation, il avait tout vu; la tristesse d'autrui l'avait rendu plus grand.

Interrogations; d'autres mains, visages, voix, une table, un enregistreur à cassette, fumée de cigarette, un homme, les mains serrées ensembles, voyant son sort étalé comme une carte routière devant lui dans les fissures et les rayures du dessus de table :

« *On a un témoin qui t'a vu.* »

« Je ne voulais pas la tuer. »

« *C'était accidentel? Une bastonnade comme ça?* »

« Je ne voulais pas . . . J'avais peur. Paniqué, j'ai paniqué. »

« *Tu l'as violée. Ce n'était qu'une enfant.* »

« Oh mon dieu! »

« *Arrête ça! Te griffer le visage ne le fera pas partir.* »

« Je l'ai vue là. Ravissante, je l'avais tant regardée. Oh! »

« *Tu l'avais regardée?* »

« Ma vie ne fait que tourner en rond, je ne suis rien, je suis un clown aux yeux de . . . »

« *Les gens se moquent de toi alors tu tues et tu violes . . .* »

« Non! Par ce qu'elle était là et si jolie! Vous ne comprenez pas . . . »

« *Non, on ne comprend pas.* »

« Tout le temps, je voulais changer ma vie. »

« *Tu as certainement changé la sienne, mon p'tit gars.* »

It was a curious thing to say. But not unusual. People, uncovered, found odd things rattling around their mouths like pebbles. They just spat them out. He wept a little in the back seat of the car, but that was normal enough, too. He was a normal sort of murderer, the detective thought as they drove down the sloping street, the face of the mountain brown behind and over them; the young journalist had been waiting for them.

'Nothing to say,' the local policeman, feeling the thrill of his authority, said.

The young journalist had found the door of the police-station slammed in his eager face.

'Fuck him,' the local policeman said to no-one, puffing himself up a little. He'd been at the arrest, seen it all, very emotional; the grief of others had made him a bigger man.

Interrogations; other hands, faces, voices, a table, a tape-recorder, cigarette smoke, a man wringing his hands, seeing his fate laid out like a map before him in the cracks and scrapes on the table's top:

'We've someone who saw you there.'

'I didn't mean that she should die.'

'*It was accidental? A battering like that?*'

'I didn't mean . . . I was afraid. In a panic, I was in a panic.'

'*You raped her. Little more than a child.*'

'Oh, God!'

'*Stop that! That! Clawing at your face won't make it go away.*'

'I saw her there. Lovely, I'd so much watched her. Oh!'

'*You watched her?*'

'My life is just round and round, I am nothing, I am a clown in the eyes . . .'

'*So, because people make fun of you, you murder and rape . . .*'

'No! Because she was there and so beautiful! You don't understand . . .'

'*No, we don't.*'

'All the time, I want my life to change.'

« Elle était si belle. Mais je savais qu'elle n'aurait jamais voulu de moi. Si elle m'avait parlé gentiment, rien qu'une fois, ma vie aurait changé . . .»

« *Mais elle te raillait, comme tout le monde* . . .»

« Oui. A chaque fois. Elle venait avec son petit copain . . .»

« *Celui de chez 'Maher's'* . . .»

« Oui, lui. Ils blaguaient, pas sérieusement, mais pour moi, c'était du sérieux. Une blague ça va, mais dix blagues . . .»

« *Mais tu dois y être habitué, enfin, tu sais bien comme sont les gens.*»

« Mais elle n'avait pas le droit! Pas le droit de me dire quoi que se soit. C'était une petite pute! Tout le village le savait. Elle baisait son père . . .»

« *Son beau-père* . . .»

« Elle baisait tout le monde. Mais moi, j'étais une farce pour elle. Je la trouvais merveilleuse, belle, et de quel droit se moquait-elle? De quel droit?»

Et ça continua comme ça : ils s'étaient moqués de lui. Il était une farce aux yeux du village. Ou alors, c'est ce qu'il croyait, et peut-être qu'il avait raison. Ils se moquaient de ses enfants, à cause de leurs grands yeux bruns et leurs cheveux noir-charbon. Les femmes du village se demandant – raillant – ce qu'avait poussé une bonne fille irlandaise à . . .

Le détective se recula de la lumière grise à la fenêtre. Oui, c'était de la grêle. Misérable. Et la lumière avait disparu. « *Il a vu ton camion. Garé sur la route, dans le noir,*» avait-il dit.

« J'ai déjà dit que j'étais coupable,» avait-il dit.

« *Oui, tu l'as dit. Veux-tu encore du thé?*» avaient-ils demandé.

Comme un personnage dans un livre d'enfant en relief, lui, dans son camion peint – il avait essayé, paraît-il, d'effacer de son camion toute trace du crime, même si celui-ci n'avait jamais été à proximité de l'endroit où il avait violé et brutalisé la jeune fille – avec sa drôle de petite chansonnette qui jouait quand il rentrait ou sortait du village, apparaissait comme par magie, à la sortie de chaque soirée dansante dans la commune, à des kilomètres à la

'*You certainly changed hers, bucko me-boy.*'

'She was lovely. But I knew she wouldn't want me. If she had once said a nice thing, my life would change . . .'

'*But she taunted you, just like the rest . . .*'

'Yes. Every time. She'd come up with her young man . . .'

'*From the pub, Maher's . . .*'

'Yes, him, the same one. They would have a joke, not serious. But it was serious to me. One joke is light, ten jokes are heavy.'

'*You must be used to these things, you know what people are like.*'

'But she had no right! No right to say anything to me. She was a whore! All the village knew this. She fucks her father . . .'

'*Her step-father . . .*'

'She fucks everyone. But I am a joke to her. I think she is wonderful, beautiful, and what right has she to make fun of me? What *right?*'

It went on and on, so on and so forth: they'd made fun of him. The whole village thought he was a joke. Or so he believed, and perhaps he believed right. They mocked his children, for their big, brown eyes and coal-black hair. The village women openly wondering – taunting – what had caused a good Irish girl, like his wife, to . . . The detective retreated back from the grey light of the window. Yes, it was sleet. Miserable. And the light had gone out of the air.

'*He saw your van. Parked on the main road, in the dark,*' he'd said.

'I have said I am guilty,' he'd said.

'*Yes, you have. Do you want some more tea?*' they'd asked.

Like a character from a pop-up child's book, he in his painted van – he'd tried, he'd told them, to wash every trace of his crime from the van, even though it had been nowhere near where he'd raped and savaged the girl – with it's funny jingly-jingly tune, as it went in and out of the village, appeared like magic outside every dance in the parish, for miles around; a grudgingly welcome, food-serving clown with a funny, mockery-inviting accent.

ronde; il était le bienvenu à contrecoeur, un clown qui servait à manger, avec un accent invitant les moqueries.

« Depuis combien de temps ? » lui avaient-ils demandé.

« Longtemps, » leur avait-il répondu. Il pensa à cela. Il avait dit qu'il s'en fichait de tout, depuis longtemps. Depuis le premier jour; regardant cette montagne au-dessus de lui, si froide, mouillée, et la lumière qui venait et repartait, se moquant de lui; eux aussi se moquaient, « *Régarrdez-moi-lé-parrain!* » – depuis ces temps là. Et lui comme un singe de spectacle, avait réagi au tir de leurs ficelles : « *Yé vous feré oun bourger qué vous né pourrez pas réfousé!* » Certains d'entre eux, si jeunes et bêtes et vulgaires dans leur jeunesse, dévêtis de leur personnalités par trop de TV américaine, essayeraient de lui faire la tape dans la main comme dans le ghetto, lui en donner cinq, pendant qu'il arrosait leurs frites avec du ketchup dans la lueur huileuse de la friture : « Guido-baby! Mon mec! »

Sous la montagne, qui le suivait comme une image de Jesus Christ.

Tout cela inonda l'enregistreur à cassette du détective, comme de l'eau lâchée d'un barrage. Comme du ketchup versé sur une barquette de frites. Comme le sang de la jeune-fille. Comme sa solitude.

Il n'avait pas voulu aller si loin. Elle avait lutté. Il l'avait retenue. Puis bizarrement, elle s'était soumise, et ça, il ne pouvait pas supporter. Le petit-ami était parti, effrayé. Il l'avait frappée. C'était devenu autre chose.

« *Fais moi oune offrre,* » s'était-elle moqué, avant qu'il n'éjacule. Et il avait vu comme elle le voyait. Il était tout le monde et personne à la fois. Elle ferait courir ceci partout au village. Le scandale, l'horreur et les rires.

Alors, il l'avait tuée. Fou de rage. Pleurant. Il n'avait pas dormi depuis.

Le détective était assis à son bureau. L'os curieux dans son sac en plastique transparent ressemblait à un bout d'un instrument de

'For how long?' they'd asked. 'Many years,' he'd said. He thought about that. He'd said he hadn't cared about anything for a long time. Since the very first day; looking up at that mountain glaring down at him, so cold, wet, and the light coming and going and it mocking him; and them mocking him '*Lukka-da-Godfadder!*' – perhaps for as long as that.

And, like a performing ape, he'd reacted to the tug of their strings: '*Ah makka-da-burger-you-canna-rifyooze!*'

Some of them, so young and stupid and vulgar in their youth, stripped bare of themselves by too much American TV, would try to ghetto-slap his hand, give him a High Five, as he slashed ketchup over their chips in the oily yellow light of frying: '*Guido-baby! Mah-MEYN!*'

Under the mountain, which followed him around like the eyes of a Sacred Heart picture.

It spilled into the detective's tape-recorder like water released from a dam. Like ketchup squeezed onto a plastic container of chips. Like her blood. His loneliness.

He hadn't meant to go so far. She'd struggled. He'd held her down. Then, oddly, she'd stopped resisting. And he couldn't stand that. The boyfriend was gone, afraid. He'd slapped her. It had become something else.

'*Makka-me-an-offera*,' she'd mocked, before he'd come. And she'd bucked her hips. And he'd seen how she saw him. He was no one and everyone. She'd put this all over the village. The scandal, horror, and the laughing.

So he'd killed her. Maddened. Weeping. He'd not slept.

The detective sat at the desk. The curious bone in its transparent plastic bag looked like part of a musical instrument. *Such a silly thing to think*, he thought. *If I attached a string here, and then here, I could play it, if I had a bow*, the detective thought. He wondered if that was how the first musical instruments had come about. You took the bone – rib, in this case – of a large animal and strung it, or got several and strung them, and perhaps the

musique. *Quelle pensée stupide*, pensa-t-il. *Si j'attachais une corde là et là, je pourrais le jouer, si j'avais un archet*, pensa le détective. Il se demanda alors si les premiers instruments de musique étaient conçus comme ça. On prenait un os – un rein dans ce cas – d'un large animal, et on y attachait une corde, ou alors plusieurs, et peut être que le crâne pourrait servir aussi. Ou alors on pourrait creuser un os et en faire une sorte de flûte.

Il se demanda quel genre de son serait produit par une telle flûte. Ou alors un violon à une corde, fabriqué avec le rein d'un être humain.

Le policier frappa à la porte, détestant le fait qu'il devait le faire par politesse et respect, et entra. Il tenait une grosse enveloppe dans sa main.

« C'est arrivé pour vous cet après-midi, » dit-il, sérieusement. Il ressentait son authorité, son statut social, diminuant déjà. Ils allaient tous partir bientôt, emportant leurs mystères et leurs intérêts. Il ne resterait rien pour lui.

Le détéctive regarda l'enveloppe planer par dessus la table. Elle fit une ombre mince sur tous les papiers et le sac avec l'os. Il la prit et sentit son poids en papier. Une marque postale locale.

La grêle était comme de nombreux petits doigts tap-tapant à la fenêtre.

skull could be used as something too. Or you could hollow out other bones and make a sort of pipe.

He wondered what sort of sound such a pipe would make. Or a one-string fiddle, made from a human rib.

The local policeman knocked, hating having to do so because of politeness and rank, and pushed open the door. He carried a fat letter in his hand.

'Came for you by the afternoon post,' he said, a touch sharply. He felt his authority, his local status, beginning already to ebb away. They'd all pack up and go, trailing their interest and mystery after them. Nothing left for him.

The detective watched the envelope glide over the table. It made a flimsy shadow over all the other papers and the bag with the rib in it. He took it and felt its papery weight. Local postmark.

The sleet was like lots of little fingers tap-tapping on the glass.

43

Sur la table devant lui, une nature morte : une assiette ronde avec dessus des tranches de bacon; un plat de pommes de terre émettant de la vapeur; un bol profond de purée de navets – comme il aimait; une pinte de lait; un bloc de beurre jaune-orange, les bords sculptés par les marques d'autres couteaux et cuillères; des couverts usés avec des poignées en os cassé ou en bois; une vieille salière en verre; une bouteille de 'brown sauce'.

Sa femme travaillant au dessus du fourneau, ses petites courbes créant une forme agréable à ses yeux pendant qu'il épluchait les pommes de terre. Une horloge en forme de chat noir balançait sa queue au dessus de sa tête. Un Christ regardait le plafond d'un air suppliant. Les voix basses de ses vaches gémissaient au-delà de la fenêtre de la cuisine.

Il était en paix. Le policier laissa retomber les peaux des pommes de terre dans le plat. Il était heureux ici. Ils l'étaient tous les deux. Il pensa vaguement aux choses effrayantes cachées dans les coeurs du reste du monde. Et aux choses bêtes.

Il discutait souvent son travail avec sa femme.

Elle allait de pièce en pièce, prenant soin de son petit monde, pendant qu'il expliquait et traçait le sien. Tisonnant le feu, un nuage de fumée de tourbe remplissant la pièce, elle l'entendit dire: « Tu t'imagines? Il est retourné où elle était, après ce qu'il lui a fait. »

« Le pauvre, » dit sa femme. « Que Dieu le pardonne, le remors qu'il doit ressentir. Et sa pauvre femme et ses enfants. »

« C'est bête, » dit le policier du village.

43

On the table in front of him, a still-life tableau: a round white plate with slices of bacon on it; a pot of potatoes steaming in their split jackets; a deep bowl of mashed turnip – as he liked it; a pint-glass of milk; a slab of yellow-orange butter, the marks of other knives and egg-spoons sculpting its edges; knives and forks with worn, broken bone and wood handles; an old glass salt-seller; a bottle of brown sauce.

His wife worked over the range, her small curved body making a pleasing shape to his eye as he peeled skin from the flaking potatoes. A clock in the shape of a black cat swung its tick-tock tail over her head. A Christ looked up pleadingly towards the ceiling. The low voices of his cows moaned beyond the kitchen window.

This was peace. The local policeman let the loosened skins fall back into the pot. He was happy here. They both were. He wondered vaguely at the scary things hidden in the hearts of the rest of humanity. And the silly things.

He often discussed his work with his wife.

She moved about the rooms, maintaining her world, while he explained and mapped out his. Poking the range, the room filling suddenly with a rush of peat smoke, she heard him say: 'Can you imagine? He went back to her where she was. After what he'd done.'

'The poor man,' his wife said. 'God forgive him, the guilt he must feel. And his poor wife and children.'

'Silly,' said the local policeman.

« Je suppose qu'ils vont devoir déménager, » lui dit sa femme.

« Ils ne peuvent quand-même pas rester ici, » dit son mari.

« Imagine, » dit sa femme, se tournant du fourneau noir, « avoir le monde entier parlant de toi et te montrant du doigt dans la rue. »

« Il est rentré, et il nous a téléphonné. C'est très bizarre, » dit le policier du village, profondément occupé par ses patates. Puis il dit, « En tout cas, ça va le rendre célèbre, ce détéctive, j'sais plus son nom là. »

Sa femme rigola, parce'qu'elle détectait de la jalousie dans sa voix. Les hommes sont toujours jaloux des autres hommes.

« Tu ne l'as jamais aimé, celui-là, » dit sa femme, toujours en rigolant.

« Il est bizarre, » dit le policier du village, « mais sympathique à sa façon maintenant que j'y pense. »

Après avoir mangé, il mit une paire de bottes couvertes de croûtes de terre et sortit voir son bétail. En marchant dans le champ, la boue collant à ses pieds, l'odeur des vaches lui venant sur une légère brise qui descendait de la montagne, il fit un renvoi. Le goût qui lui vînt soudainement en bouche était de bacon salé et des épices de la sauce. Une petite boule de douleur serrée s'ouvrait dans sa poitrine, s'ouvrait et s'ouvrait, s'accrochait aux bords de ses clavicules, puis disparut. Il fit un autre renvoi.

Ses vaches, blanches-et-marron et blanches-et-noires, grosses et lourdes, tournèrent leurs visages idiots vers lui et émirent un son venu du plus profond de leur gorge. Un son, il le savait, qu'on pouvait entendre à des kilomètres à la ronde dans les champs. L'odeur de l'herbe, l'odeur aigue et ammoniaque de la pisse de vache, l'odeur plate et morose de la peau et de la sueur de l'animal, étaient une sorte de musique. Pas de la sorte que l'on pouvait entendre; elle rentrait par les narines et jouait sur les sensde façon subtile. Il prononça les noms de ses vaches. Il les appelait comme si il était entrain de les créer une par une en disant chaque nom. Elles existaient pour lui d'une façon unique et privée. Il leur caressa le dos, les repoussa quand elles poussaient contre lui, passa ses mains sur leurs narines dégoulinantes,

'They'll have to move away, I suppose,' said his wife.

'They could hardly stay here now,' said her husband.

'Imagine,' said his wife, turning from the black range, 'to have all the world talking about you and pointing you out in the street.'

'He went back, and he phoned us up. That's very queer,' said the local policeman, deep at his spuds. Then he said, 'It'll *make* that detective, whatz-iz-name.'

His wife laughed, because she detected envy in his voice. Men were full of envy for other men.

'You never liked him,' his wife said, with a giggle in her voice.

'Bloody strange,' said the local policeman. 'I suppose he's all right, in his way.'

After dinner, he put on long, earth-crusted rubber boots and went out to view his cattle. As he moved into the field, mud sucking at his feet, the smell of the cows coming to him on a light breeze tumbling down the slopes of the mountain, he belched. The sudden taste in his mouth was of salt bacon and the spices of the sauce. A tight little ball of pain opened in his chest, opened and opened, clung to the edges of his collar-bones, and melted away. He belched again.

His brown-and-white and black-and-white cows, fat and heavy-looking, turned their idiot faces towards him and sounded off deep in their throats. A sound, he knew, that could carry across the fields for miles. The odour of grass, the sharp ammoniacal draw of cow piss, the flat dull smell of the animal's sweat and skin, was a kind of music. Not the kind you could hear; it went in through the nostrils and it played on the senses in subtle ways. He spoke the names of his cows. He addressed them as if he were creating them with each name he uttered. They existed for him in a unique and private way. He patted them on the back, nudged back when they nudged against him, ran his hands over their dripping snouts, examined their ear-tags, looked at their legs and lifted their hooves. He walked around them, soothing, soothing, with each of their names put out on the air like a magic spell. For they stood still for him as

examina les étiquettes sur leurs oreilles, regarda leurs jambes et leva leurs sabots. Il en fit le tour, appaisant, avec chacun de leurs noms mis sur l'air comme une formule magique. Car elles se tenaient pour lui sans bouger pendant qu'il les inspectait. Comme si il les avait crée de l'herbe.

Au-dessus de lui, la montagne sacrée de dix-mille ans le regardait sans faire de commentaires, d'une façon ou d'une autre. Et derrière la montagne, il y avait la vraie montagne, et derrière cela, l'ombre de la vraie montagne, et derrière cela, l'esprit, et ainsi de suite. Il resta silencieux un instant, content de lui-même, regardant un faucon accroché en hauteur sur le mur du ciel, comme le motif d'un papier-peint. Le faucon ne bougeait pas, ses ailes sans-mouvement. Il écouta attentivement et entendit, au loin, le bruit des vagues sur le rivage. Toutes les traces de la jeune fille assassinée effacées à tout jamais.

Ou peut-être que, comme les vieux le disaient, la mer las aurait emportées sous forme de mémoire, pour rejoindre d'autres âmes mortes violemment. Sa voix, son dernier cri, pourrait être entendu, porté par le vent, si l'on écoutait attentivement : *Fais-moi-oune-offrre-fais-moi-oune-offrre-fais-moi-oune-offrre-fais*...

Ce serait une chose affreuse à entendre, pensa le policier, et il retourna, un homme chez lui en lui-même, à l'affection affable de ses vaches.

he walked around inspecting them. As if he created them out of the grass.

Above him, the ten-thousand-years-holy mountain looked down without commenting one way or another. And behind the mountain was the real mountain, and behind that, the shadow of the real mountain, and behind that, the spirit, and so on. He stood for a quiet moment, content in himself, watching a hawk stuck high up to the wall of sky like a design on wallpaper. The hawk didn't move, its wings didn't twitch. He listened carefully and heard, far off, the lap and gush of waves on the shore. All trace of the murdered girl washed away forever.

Or perhaps, as the old people said, carried out to sea as a memory to join the wandering souls of others who had died violently. Her voice, her last cry, would be heard on the wind, if you listened carefully: *Make-me-an-offer-make-me-an-offer-make-me-an-offer-make . . .*

That would be a horrible thing to hear, the local policeman thought, and he went back, a man at home with himself, to the bland love of his cows.

44

Attiré par toute l'agitation, le Major essaya de se composer, de ne pas avoir l'air si paroissial dans son enthousiasme. Pour des raisons qu'il ne pouvait pas comprendre, Rupert Brooke lui vint en tête :

'*Temperamentvoll* juifs allemands
Buvant des bières; la rosée d'avant . . .'

Quel affreuse rime, pensa le Major. Le problème avec Brooke, c'était qu'autant que l'on pouvait l'apprécier, il pouvait être vraiment *nul*. Il était là, dans la rue, regardant les portières des voitures de police s'ouvrir et se refermer, quand il vit la grande, fière silhouette du père Dermody surgie du presbytère.

Mon Dieu, pensa le Major. *Alors il aimait les jeunes filles! Il l'a violée et puis battue à mort. Oh mon Dieu!*

Il était étonné quand il se rendit compte de combien ça le bouleversait. Il avait entendu parler de ces choses, naturellement. Mais il ne s'attendait pas à ce que, dans le petit village idéal qu'il avait choisi pour prendre sa retraite, le curé soit un violeur de jeunes-filles et un meurtrier. La façon dont les policiers le menaient, un sur chaque bras. Cet homme était-il dangereux? Est-ce que l'on pouvait croire en quoi que ce soit ces jours-ci?

Le Major se souvînt des occasions auxquelles il avait parlé au père Dermody. Il lui avait semblé assez normal – mais l'on ne peut pas se faire d'illusions. Tout seul, dans cette maison, et toutes ces histoires de célibat; il a du l'emmener à la plage, elle ne l'aurait jamais soupçonné, il l'aurait attrapée par mégarde.

44

Drawn by the commotion, the Major tried to compose himself, not look so parochial in his enthusiasm. For reasons he could not fathom, Rupert Brooke came into his head:

"*Temperamentvoll* German Jews
Drink beer around; and there the dews . . ."

What a distinctly horrible rhyme, thought the Major. The problem with Brooke was that, love him as you may, he could be jarringly *bad*.

He stood in the street, watching the doors of the police cars open and whump shut. And he saw the big, proud figure of Father Dermody being led from the rectory.

My God! the Major thought: *So he liked young girls! He raped her, then he beat her to death. Oh my God!*

He was astonished to realise just how upset he'd become. He'd heard of these things, naturally. But it wasn't to be expected in the idyllic Irish village you'd chosen to retire to, that the parish priest was a violator of young girls and a murderer. The way the police walked with him, one either side, holding his arms. Was the man dangerous? Could one believe in anything anymore?

The Major began to recall the occasions on which he'd spoken to Father Dermody. He's seemed balanced enough – but one couldn't ever tell. Alone, in that house by himself, and their business about celibacy; he must have lured her to the beach, she'd never have suspected him, he'd have caught her unawares.

Le Major s'imaginait qu'il allait vomir. Au derrière de son esprit, à l'abri, il s'était imaginé que le meurtrier aurait été quelqu'un qui était de passage au village, un auto-stopeur dangereux, un Américain ou un Australien. Sûrement pas un des locaux. Un meurtre pouvait rendre visite, mais ne pouvait jamais s'installer. Choqué, il continua à regarder.

Le Père Dermody le vit, sourit, lui fit le bonjour d'un signe de la main, puis se baissa pour rentrer à l'arrière d'une des voitures de police. Le Major, évidemment, ne pouvait pas lui faire signe en retour.

Le jeune journaliste était là, devant le Major. Comme un vieil ami : « Que pensez-vous de tout cela, alors ? »

« Je ne sais pas *quoi* penser, » répondit le Major. « Vraiment, c'est trop choquant. »

Le jeune journaliste gribouilla sur son bloc-notes.

« Ne dites pas que c'est moi qui vous l'ai dit, » dit le Major.

« Ils ont trouvé le cadavre ce matin, » dit le jeune journaliste. « Un oreiller sur le visage. *Très* efficace. »

Le Major le regarda sévèrement. « Il y a quelques jours et c'était une *pierre*. » dit le Major. « Pour l'amour de Dieu corrigez vos faits ! » Il se retira en marchant.

Dans le silence de son salon, whiskey en main, il commença à écrire une lettre à un de ses fils. Il voulait commencer sur un ton clair et joyeux, mais le spectacle du père Dermody, la police le menant du présbytère lui avait écrasé l'esprit. Il ne pouvait s'attaquer à la lettre dans une telle forme d'esprit. Il se souvînt de Mme O'Connor pleurant à la porte du presbytère, le noeud de femmes commèrant en chantant comme une espèce chorale Grecque – c'était trop triste.

Au bout d'un moment, il rangea son matériel d'écrivain et alluma la radio. Une station de musique jouait, mais la réception était mauvaise. La montagne avait tendance à faire ça, se souvint-il. Comme si elle faisait de son mieux pour les renfermer du monde extérieur.

« Et donc, notre petit enfer était à l'intérieur de nous, » dit le Major à sa pièce vide, sur un ton poétique. « Et il ne l'est plus. »

Tout était vraiment trop silencieux et il se versa encore un whiskey.

The Major imagined he was going to be ill. In the back of his mind, somewhere safe, he'd imagined the killer to have been someone passing through, a dangerous hitch-hiker, an American or an Australian. Not a local, surely. Murder might visit, but it never could take up residence. Shocked, he stared on.

Father Dermody saw him, smiled, waved, then dipped into the back seat of one of the police-cars.

The Major, of course, could not bring himself to wave back.

The young journalist stood in front of the Major. Like an old friend.

'What d'you think of this, then?' asked the journalist.

'I don't know *what* to think,' replied the Major. 'It's too shocking, really.'

The young journalist scribbled in his dilapidated note-book.

'Don't quote me,' said the Major.

'Found the body this morning,' said the young journalist. 'A pillow on the face. *Very* effective.'

The Major looked at him sternly. 'Several days ago and it was a *rock*,' the Major said. 'For God's sake get your facts right!' He strode off.

In the quiet of his front room, whiskey in hand, he began a letter to one of his sons. He wanted to begin on a brisk, cheery note, but the sight of Father Dermody being led from the rectory had crushed his spirit. The letter could not be tackled in such a frame of mind. He remembered Mrs O'Connor's wailing in the rectory doorway, the knot of women sing-song gossiping loudly like a bloody Greek chorus – it was all too sad.

After a time, he put away his writing things and fiddled with the radio. Some music station came on, but the reception was bad. The mountain tended to do that, he remembered. As if it did its level best to keep out the outside world.

'Well, our little Hell was within us,' said the Major poetically to his empty room. 'And is no more.'

It was all too bloody silent and he poured himself another whiskey.

45.

Patsy Joe s'adossa sur le vieux quai et regarda les Bartons sortant à nouveau sur leur bateau lisse, tous ces mouvements qu'ils exécutaient, pas nécessaires mais impressionants.

C'était un beau jour ensoleillé, la face de la montagne couverte de différentes couleurs, du jaune, du vert, du marron. Elle les regardait tous, bienveillante et impassible.

Le bateau des Barton prit l'angle du vent, les voix de leur bel équipage portant sur l'eau, de brefs aboiements. La jeunesse est un fabuleux don, pensa Patsy Joe. Il tira sur sa pipe.

On avait suggéré une nouvelle date pour la soirée chez 'Maher's'. Il avait dit qu'il trouvait ça ridicule de faire des éloges à un vieux comme lui, mais au fond il trouvait l'idée fantastique. Secrètement, il espérait que le Major ne viendrait pas. Il avait toujours voulu dire quelque chose d'inadmissible en irlandais. Mais il verait ses petits-enfants autour de lui, écoutant ses chansons, ses histoires.

Il pourrait écrire une chanson à propos des évènements qui venaient de se dérouler, mais il était trop tôt. L'histoire devait mûrir un peu, Patsy savait; il y avait un temps pour la chose en elle-même et un autre temps pour le poème. Tous deux ne pouvaient occuper le même endroit.

Il viendrait un temps où il s'assoierait et les mots lui viendraient; il ne savait jamais d'où, même quand on lui demandait. Ses petits enfants ne prendraient jamais le temps de

45

Patsy Joe leaned on the old quay wall and watched the Barton lads go out in their sleek boat again, all the movements they made which were so unnecessary but which looked impressive.

It was a fine, sunny day, the mountain's face was done up in colours of gold and brown and green and yellow. It looked over them all, benevolent and impassive.

The Barton's boat angled itself to the wind, the voices of her handsome crew carrying over the water in short barks of command. To be young's a great gift, Patsy Joe thought. He pulled on his pipe.

A new date had been suggested for the Maher's tribute evening. He said he considered praising an old man like him a lot of nonsense, but inside he was thrilled with the idea. Guiltily, he hoped the Major wouldn't turn up. He always wanted to say something daft in Irish. But then he saw his grandchildren around him, listening to his stories and songs.

All that had happened recently could be put into a song, but it was too early. History had to mature, Patsy knew; there was a time for the thing itself and a new time for the poem. They couldn't occupy the same place at all.

There would come a time when he'd sit down and words would come into his head; he never knew from where even when he was asked. His grandchildren would never take time to open themselves to things like that, so it was up to him. He'd written

s'ouvrir à ce genre de chose, alors c'était à lui de jouer. Il avait écrit quelques chansons à propos de la montagne, qui avaient été appréciées, donc il en sortirait une pour sa soirée spéciale.

Le bateau des Barton sortit de plus en plus loin par dessus les eaux plates et argentées. Comme un rêve ou une histoire ou une chanson qui naissait.

FIN

a few appreciated songs about the mountain, so he'd drag out one of those for his special evening.

The Barton's boat went out and out over the flat, silver water. Like a dream or a story or a song being born.

END

by **Thomas E. Kennedy**

from **Wynkin deWorde**

**Part I
Copenhagen
Quartet**
*Kerrigan's
Copenhagen*
**Released
Oct 2002**

**Part III
Copenhagen
Quartet**
*Greene's
Summer*
**For Release
Oct 2004**

OCTOBER 2003 releases from

Wynkin deWorde

Sam Millar
a memoir:

On The Brinks

by the author of *Dark Souls*
A truly extraordinary story of an extraordinary life.

Fred Johnston
a novel:

Mapping God

Le Tracé de Dieu

Published in *parallel text* in French and English.

OTHER TITLES FROM

For information
and sales
www.
deWorde.com